AMY HEMPEL
WAS UNS TREIBT

AMY HEMPEL

WAS UNS TREIBT

ERZÄHLUNGEN

AUS DEM AMERIKANISCHEN
VON STEFAN MESCH

LUXBOOKS
OHRENSESSEL

Originaltitel: Reasons to Live, 1985
Aus: Collected Stories, Scribner, NY, 2007
© 1985 Amy Hempel

Beirat: Marjorie Perloff, Stanford University

LUXBOOKS.ohrensessel
© der deutschen Ausgabe: Luxbooks GmbH Wiesbaden 2015
Alle Rechte vorbehalten.
Kein Teil des Werkes darf in irgendeiner Form
ohne schriftliche Genehmigung des Verlages
reproduziert werden.
Reihendesign: Chris Steurer
Satz und Umschlag: Annette Kühn
Druck: Interpress, Ungarn

ISBN: 978-3-945550-06-9

www.luxbooks.de

INHALT

IN EINER WANNE

Mein Herz – ich dachte, es stünde still. Ich stieg ins Auto. Fuhr Richtung Gott. Ich fuhr an zwei Kirchen vorbei, vor denen Autos parkten. Dann hielt ich an der dritten, weil dort niemand parkte.

Es war früher Nachmittag, mitten in der Woche. Ich nahm eine Bank im Mittelschiff. Episkopal oder Methodisten, mir war es gleich. Es war so still wie in einer Kirche.

Ich dachte daran, wie es sich anfühlt; dieser so lang vermisste Schlag, und wie die nächsten Schläge dann gleich hektisch hinterher stolpern im Versuch, die Leere zu füllen. Ich saß – verschnürt von Stille und buntem Fensterglas – und hörte zu.

Hinter meinem Haus kann ich im Licht stehen, das durchs Glas der Schiebetür fällt und aufs Terrassendeck sehen. Dort stehen Margeriten und Sukkulenten in roten Tontöpfen, zur Begrünung. Ein Topf ist leer. Er ist seicht und weit und mit Wasser gefüllt wie ein Vogelbad.

Meine Katze hält im Blumenkasten ihr Nickerchen. Ihr graues Kinn ist wie gepudert von den bunt schimmernden Schuppen der Schmetterlingsflügel. Klopfe ich die Fingerknöchel ans Glas, schaut sie nicht hoch.

Denn ich biete Töne nur, kein Futter.

Als Mädchen schlich ich mich nachts raus. Ich drängte mich an Hecken. Passte mich den Schatten von Bäumen an. Ich ging zu einer Baustelle nah am See, nahm eine flache Wanne, in der Beton gemischt wurde, schob sie zum Ufer und setzte mich hinein wie in eine Untertasse. Mit einem gestohlenen Ruder stieß ich mich vom Sand ab und trieb, ohne irgendwas zu hören, für Stunden umher.

Das Vogelbad hat die selbe Form wie diese Wanne.

Im unfreundlichen Licht des Badezimmers schaue ich auf meine Nägel. Die Tage, an denen ich in mich hinein horchte, erschreckt, werden erst in ein paar Wochen offen sichtbar sein – sie werden ganz unten den Nagelansatz riffeln. Und dann auswachsen.

Ich schließe die Tür ab, fülle die Badewanne.

Die meiste Zeit hört man ihn gar nicht richtig. Ein Puls ist etwas, das man fühlt. Selbst, wenn man ziemlich leise ist. Manchmal hört man ihn nachts durchs Kissen. Aber ich weiß, dass es einen Ort gibt, wo du ihn noch besser hören kannst.

Mach folgendes: Leg dich in eine Wanne und sinke langsam ab. Warte, bis die Riffeln im Wasser sich legen. Hol Luft, ganz tief, und lass den Kopf nach unten rutschen. Und hör deinem Herz beim Spielen zu.

DAS HEUTE HIER IST EIN GEFALLEN FÜR HOLLY

Um sieben kommt ein Blind Date, um mich abzuholen – und falls mein Haar bis dahin keine zwei Fingerbreit gewachsen ist, bleibt die Tür zu. Die Stirn ist das Problem: Ich habe den Pony selbst gekürzt. Jetzt sehe ich aus wie Mamie Eisenhower.

Nein, sagt Holly, ich sähe aus wie Claudette Colbert. Aber ich weiß, sie sagt das, weil ich diesen Kerl treffen soll. Das heute hier ist ein Gefallen für Holly.

Viel lieber würde ich tun, was wir sonst meist tun. Uns Rum-Cola mischen, im Sand sitzen und trinken, bei Sonnenuntergang.

Wir leben das Strandleben.

Nicht das mit Sonnenmilch und Kluburlaubsmode. Ich meine: Wir leben eben am Strand. Vor unserer Eingangstür ist Sand. Da liegt der Ozean, und wir sehen ihn an jedem Tag im Jahr.

Der Strand ist nah am Flughafen. Also hat diese Stadt nicht einmal das Niveau, das in L.A. fehlt. Sie hat vor allem eins: Airline-Mitarbeiter. Von der Flughafenhalle aus nehmen sie ein 12-Minuten-Shuttle und sind daheim. »Daheim« meint hier eine Anlage von Wohnblocks, die nach spanischem Kolonialstil aussehen sollen.

Aus jeder Richtung sehen die Häuschen aus wie spanische Missionsstationen. Aber bitte: Zeig mir *eine* spanische Mission mit eisernen Handleisten an den Seiten.

Dann gibt es einen Springbrunnen im Innenhof, der auf Mosaiksteine plätschert. Irritierenderweise sind diese Steine chemisch behandelt, um schon von Anfang an »antik« zu wirken. Ich will dazwischen rufen: Leute – Relikte sind Überbleibsel *von früher*, kapiert?

Der Ort heißt Rancho La Brea, wird aber Rancho Libido genannt, wegen der Stewardessen. Die Zimmerdecken sind weiß und glitzernd.

Holly ist keine Stewardess und ich genauso wenig. Wir mieten monatsweise – während in unserem Haus die Handwerker die Schlamm- und Wasserschäden des letzten Erdrutschs richten.

Holly ist Backupsängerin und steht manchmal im Studio. Der Plan war, dass sie tourt und ich das Haus die meiste Zeit für mich habe. Aber sie tourt nicht. Die Verkäufe der letzten Platte waren halb so hoch, wie Holly erwartet hatte. Die Plattenfirma sagte, sie müsse die Sparte ihrer C-Talente neu strukturieren und deshalb bleibt Holly, so lange sie ein neues Label sucht, auch jeden Abend und an meinen drei freien Tagen daheim.

Vier Tage in der Woche fahre ich nach La Mirada zu dem Reisebüro, das mich beschäftigt. Ich brauche für eine Strecke 55 Minuten und wünschte, meine Pendlerfahrt dauerte länger. Ich mag die Gestalten im Radio und ich wechsle gern die Spur. Sich selbst auf dem Freeway zu vergessen ist wie das Strandleben – man merkt gar nicht, dass die Zeit vergeht, und plötzlich ist man da. An dem Ort, auf den man sich zubewegt hatte.

Mein Job passt dazu genau. Ich *mache* nichts, sie *zahlen* nichts – aber, richtig geraten: Er ist *besser* als nichts.

Sinn für Humor hilft.

Das Motto dieses Reisebüros: Wir würden Ihre Reise nie absichtlich verderben.

Wir bieten zwei große Rundreisen im Jahr an, und im Moment läuft keine von ihnen. Wenn sie mich weiter beschäftigen, wird das der Job sein, den ich mache, bis meine Eltern sterben.

Ich dachte, mir würde lästig werden, dass Holly immer um

mich ist. Aber es geht. Morgens gehen wir zum Casa de Fruta-
Frucht- und Fischköder-Verkauf. Alles dort hat die Größe von
etwas anderem: Erdbeeren sind groß wie Tomaten, Äpfel wie
Grapefruits, Papayas wie Wassermelonen. Wir sind in Woche
drei der Tagesaktion »Nur heute: Cantaloupemelonen, reduziert«
und kaufen genug, um einen Mixer zu füllen – und Eier.

Aber noch einmal zurück. Denn ehe wir zur Casa de Fruta kommen, ziehen wir verblichene Strumpfhosen über und Boxershorts
von Hollys Ex und sehen am Strand den Jeep des Rettungs-
schwimmers seinen Schlepprechen wie einen Kamm durch wirren
Sand ziehen.

Ich mag es, wenn meine Abdrücke die ersten des Tages sind.
Doch Holly kratzt an ihren schwarzen Füßen herum und flucht
über den Teer.

Dann stößt uns der Rest des Tages zu. Vielleicht verbrauchen
wir eine halbe Tankfüllung beim Auf-und-Abfahren in Hollys
Jagdrevier. Holly nennt es »Forschung«: Männern zusehen, weiter oben, am nördlichen Strand.

»Ich würde hier gerne rumhängen, lebenslang«, sagt Holly.
»Aber so viel *Forschung* wartet.«

Manchmal schauen wir nach Suzy und Hard, den Aussteigern
am Ende des Blocks. Ihre Aluhütte steht dort seit Jahren. Glaubt
man ihre Geschichte, dann fand er sie am Hafen. Sie lebte von
Boot zu Boot und blieb bei jedem Besitzer, bis sie ein Streit eine
Mole weiter trieb.

Suzy hat sonnenverbrannte Arme und weite Hüften, die beim
Gehen asymmetrisch wackeln.

Hard ist groß und dünn.

Sein echter Name ist Howard, aber Suzy ist eine Nuschlerin,
also hört man »Hard«. Das scheint zu passen.

Hard hat schulterlanges schwarzes Haar und einen Mund, so rund und fies wie ein Neunauge.

Wenn alles still bleibt dort am Ende des Blocks, wenn die Luft dick und ruhig steht, lassen wir uns in der Brandung treiben. Manchmal fallen die ersten Regentropfen, während wir unter Wasser sind.

Ich kann mich nicht daran gewöhnen, am Strand zu leben, auf diesen feuchten Horizont zu schauen. Wir sind am Rand, am Gangplatz der Nation. Aber würde man mich zwingen, die Wahrheit auszusprechen – dann würde ich zugeben müssen, dass es keine gute Sache ist. Von Leuten, die hier leben, hört man immer: »Ich weiß, ich sollte...«, »Ich werde versuchen...«, »Ich hätte damals ja...«

Hier gibt es keine Reibung.

Hier ist es mild und plätschernd.

Was man vergisst, wenn man hier lebt: Dass nur, weil man nicht weiter einsinkt, man trotzdem noch unter Wasser sein kann.

Vor ein paar Stunden hat Holly einen Anruf angenommen und eine Reservierung zum Abendessen notiert. Nur eine Ziffer unterscheidet unsere von der Nummer von Dons Tiki-Bar; und wenn Holly schlechte Laune hat, nimmt sie Reservierungen an.

»Für wie viele Personen, Sir?«, fragt sie.

Holly hat Angst, dass ich nicht durchziehen werde, was eh nie meine Idee war: Tatsächlich bin ich kein Mensch, der auf Dates geht. Ich will keine Männer treffen.

Ich kenne schon welche.

Über die sprechen wir sehr viel – und auch über die, die Holly kennt. Das ist die andere Sache, die wir an meinen freien Tagen tun.

»Los: Du teilst aus. Ich wische dann auf«, sagt sie.

Ich fange an und sage, dass einer bloß die hohle Verpackung eines Mannes sei. Holly erklärt dann meistens, dass ihr Ex –

würde er einen Film darüber sehen, wie er sie behandelt hat – ins Unterholz kriechen, sich in ein Messer stürzen und ins Gras beißen würde.

Ihr Ex schickt immer noch Schnappschüsse. Bilder von sich selbst auf Campingtrips am Fuße von El Capitan oder am Ufer des Mono Lake. Er klebt die Fotos auf Pappe fest, wodurch sie nur schwerer zu zerreißen sind.

Er schaut sogar vorbei, wenn er gerade in der Stadt ist, und wir tun so, als wäre er willkommen. Die beiden, Holly und dieser Ex von ihr, sitzen dann herum und ziehen sich gegenseitig runter. Beide kennen alle Schwachstellen und Misserfolge des anderen, und so können sie sich gegenseitig binnen zwei Zehntel Sekunden jagen und erlegen.

Ihn zu sehen, sagt Holly, sei wie ein Sonnenuntergang am Strand – sobald die Sonne fort ist, kühlt der Sand aus, sehr schnell. Dann ist es so, wie viele dieser Momente, die sich zehn Minuten zuvor gut anfühlten und nun gar nicht mehr zählen.

Was diese Männer angeht: Wir sehen meist schon, was auf uns zukommt. Wir haben ein gutes Gespür. Nur ignorieren wir es.

Wir wollen die ganze Zeit, dass Leute anders sind.

Aber was für Leute trifft man schon hier unten?

Es gibt zwei Sorten zur Auswahl: Leute, die sinken. Und Leute, die sich nicht weiter bewegen.

Suzy und Hard haben mehr Energie als wir alle, glaube ich. Letzte Nacht hörte ich sie in der Gasse. Suzy brüllte. Sie schrie: »Achtung, Hard! Oder willst du, dass sich jemand weh tut?«

Ich konnte all das von der Küche aus sehen. Ich konnte sehen, dass Hard eine Radkappe hob und Richtung Suzy warf. Suzy quiekste und humpelte weg, obwohl sie ihren Arm gestreift hatte, nicht das Bein. Aber dann drehte sie sich um und stürzte sich auf ihn, schnappte seine Wurfhand und führte sie zum Mund.

Sie öffnete ihn weit, für einen Biss. Was folgte, war jedoch ihr Schrei, nicht seiner. Die Gasse ist beleuchtet, so konnte ich die weißen Zähne in seiner Hand tatsächlich sehen. Hard stand da, breitbeinig, zur Seite gedreht. Wie ein Diskuswerfer, der vorhat, den Rekord zu brechen, schleuderte er Suzys Gebiss auf das Dach der Rancho Libido.

Mit dieser Anekdote kann ich sicher heute Abend prima das Eis brechen.

Ja gut: Ich werde mit diesem Typen ausgehen. Holly zuliebe.

Mein Haar ist zu kurz, aber ich habe Zähne im Mund. Ich werde Claudette oder Mamie sein, und er eine schräge Type. Er wird ein Zuhälter sein, der das komplette Erhard-Seminar-Training abgeschlossen hat.

Er wird Hards Bruder sein.

Er wird so dumm sein, dass man für seine Dummheit nicht einmal Beispiele findet.

Okay. Ich grinse, während ich das sage. Aber als Gegenleistung erwarte ich von Holly, dass ich das nie wieder machen muss.

Wenigstens kann ich mich darauf freuen, nach Hause zu kommen. Sie wird noch wach sein und uns einen Cobra Kiss machen. Dazu schüttet man Rum in Granatapfelsaft. Wir werden uns nachschenken. Sie wird ins Schlafzimmer schreiten wie ein erfolgreich gelöstes Puzzle.

Ich werde die Lichter löschen und folgen.

Das eine Licht, das weiter brennt, lässt die Zimmerdecke wie Galaxien tanzen. Wir hoffen, dass wir uns nächste Woche von den Glitzerdecken der Rancho Libido verabschieden können. Unser altes Zuhause macht sich gut, frisch renoviert. Die Fenster sind jetzt besser abgedichtet und Sperrholz-Verschalung stützt die Wände. Löst der nächste große Regen Erdrutsche aus, werden *wir* nicht ganz da unten am Fuß des Hügels stecken, gefangen unter eingestürzten Gebäudeteilen.

Gerade haben wir unsere Betten im 90-Grad-Winkel aufgestellt. Das von Holly zeigt nach Osten, weil sie behauptet, dass man beruhigt und rege aufwacht, wenn man Richtung Osten schläft. Meines zeigt von Nord nach Süd. Von Ost nach West liegt man, glaube ich, in einem Sarg.

Manchmal reden wir über Ausflüge. Der Witz ist, dass wir dabei immer an Strände denken, an die aus den Ordnern bei mir im Reisebüro.

Eigentlich müssten wir umziehen. Einen Ort finden mit festem Land rundum, wo für mindestens die Hälfte des Jahres kalte, trockene Luft weht. Wahrscheinlich machen wir das wirklich.

»Sichere Sache«, sagt Holly, »von den Machern von: *Das glaubst aber auch nur du.*«

Die Wahrheit ist: Der Strand ist wie überflüssiges Gewicht. Doch wenn wir ihn verlieren, was bleibt uns dann als Entschuldigung? Vor ein paar Jahren *bin* ich fort gegangen. Wirklich.

Ich ging nach Osten.

Ein Fehler. Nach ein paar Monaten packten mich die Umzugsleute wieder zusammen.

Hier passiert etwas, worüber ich schon damals nachdachte: Die Küstenstrecke, Highway One, hat viele hübsche Aussichtspunkte. Aber Leute fallen dort die Klippen runter, weil sie sich strecken müssen, um zu sehen, was unten liegt. Manchmal wächst unten Buschwerk, und manchmal liegt dort Fels. Man nennt das *going west on Highway One*. Für Leute, die fallen, gibt es sogar einen Club. Die Aufnahme erfolgt posthum.

Daran dachte ich, als der Umzugslaster verunglückte. Er spuckte mein ganzes Leben einen matschigen Abhang hinunter und zwei Wochen Dauerregen hinderten Rettungskräfte, ihn zu bergen. Schimmel stickte Muster auf meine Tischdecken und Molche tanzten in meinen Schuhen.

Die Botschaft war plump, aber ich wechselte die Spur und fuhr weiter Richtung Westen, nach Hause.

Ich sage mir: Ein so übergroßes Warnzeichen darf ignoriert werden.

CELIA IST ZURÜCK

»Glück ist nicht Glück«, sagte der Vater zu den Kindern. »Glück ist der Punkt, an dem sich Vorbereitung und Gelegenheit treffen.«

Der Junge pflichtete seinem Vater bei. »Alle *großen* Gewinner sagen das.«

Der Junge und seine Schwester nahmen an Preisausschreiben teil. Der Küchentisch war übersät mit Vordrucken und Teilnahmezetteln von Frühstücksflockenkartons. Der Junge hielt das Bild eines blauen Rolls-Royce; der Hauptpreis einer Verlosung, für deren Teilnahme er zu jung war.

»Denkst du, er muss blau sein?«, fragte er seinen Vater. »Denkst du, ich kriege ihn in einer anderen Farbe?«

»Du kannst nicht fahren«, sagte das Mädchen. »Die Frage erübrigt sich.«

Sie riss ein Blatt von einem Notizblock und setzte eine eidesstattliche Erklärung auf. Damit versicherte ihr Vater, ihr den Rolls zu überlassen, wenn er ihn bei der Herbstverlosung gewann. Mit Bleistift malte sie eine Linie für seine Unterschrift aufs Blatt, noch eine Linie etwas weiter unten, und schrieb unter die untere Linie *Beglaubigt Von*.

Der Vater hatte Zeit vor seinem wöchentlichen Termin, also goss er sich Kaffee ein und füllte ein paar Zettel aus. Er wusste trotz seiner gegenteiligen Behauptungen, dass er oft Glück hatte.

Seit er zu Hause war, hatte er zwei Preise gewonnen. Er hatte eine Reise für zwei nach Hawaii gewonnen, Flugkosten inklusive; und einen Flug in einem Heißluftballon.

Gewinnspiele waren leicht, erklärte der Vater. Man musste keine Quizfrage beantworten, kein Werbejingle komponieren, man brauchte überhaupt keine Fertigkeiten. Man schreibt seinen Namen und seine Adresse, macht das Papier gründlich nass, damit es steif und raschlig trocknet und in der Kartentrommel von der Glücksfee leicht gegriffen werden kann. An einem Gewinnspiel kann man teilnehmen, so oft man will – man kann eine Flut von Zetteln ausfüllen, falls der Preis die Mühe wert ist.

Der Vater hob seine Hand wie ein Indianer, der Howgh sagt. »Denkt an die Drei Bs: Besonnenheit, Beharrlichkeit und Briefmarken. Leute, die bei so etwas gewinnen, kennen die Drei Bs.«

Wettbewerbe seien anders als Gewinnspiele, sagte er. Du brauchst Talent, um einen Wettbewerb zu gewinnen, oder musst zumindest ihren Dreh raus haben.

»S-O-S«, dozierte er. »Folgendes könnt ihr euch merken: Seid *Schlicht*, seid *Originell*, seid *Solide*. Das sind die drei Erfolgsfaktoren.«

Als die Gewinnspielzettel ausgefüllt und frankiert waren, behielten die Kinder ihren Vater am Tisch für den Jell-O-Pudding-Wettbewerb.

Sie sagten, »*Daddy* wird uns helfen – Daddy gewinnt *immer*!«

»Na gut«, sagte der Vater. »Aber ich will wegen euch nicht zu spät zum Termin kommen.«

Man musste der Jury sagen, warum man Jell-O-Pudding mochte. Man musste den Satz »Ich mag Jell-O-Pudding, weil…« vervollständigen.

Erst las der Vater, was die Kinder geschrieben hatten. »Das ist *Solide*. Aber was ist mir *Originell*?« Er sagte, die erste Sache, die

20

dir selbst in den Sinn kam, sei sicher auch anderen Leuten in den Sinn gekommen.

Der Vater sagte: »Denkt nach. Worum geht's bei Jell-O-Pudding? Worum geht's wirklich?«

Er machte eine so lange Pause, dass die Kinder sich ansahen.

»Hä?«, fragte das Mädchen.

Der Vater schloss die Augen und lehnte sich zurück. Er sagte, »Ich mag Jell-O-Pudding, weil ich an einem Wintertag nach einem zügigen Spaziergang ein gutes, herzhaftes Essen mag. Etwas, das mich richtig aufwärmt.«

Der Junge kicherte und das Mädchen kicherte.

Der Vater schaute verwirrt. »Wir reden über den Jell-O-Pudding-Wettbewerb. Das habt ihr doch gesagt, oder?«, sagte er. »Nun... gut«, sagte er. »Ich mag Jell-O-Pudding, weil seine feste, satinierte Lackierung Splitter und Kratzer abhält. Nein, nein«, sagte er, »ich denke, ich mag Jell-O-Pudding, weil er gut einwirkt, um mich länger vor Nässe zu schützen. Oh, Jell-O-Pudding«, sagte der Vater, »ich mag ihn, weil er mehr Feuchtigkeit aufnimmt als diese anderen Puddings. Er scheuert mich nicht auf und rutscht nicht hoch.«

Er öffnete die Augen und sah seinen Sohn das Zimmer verlassen. Das Geräusch, das den Vater veranlasst hatte, hinzusehen, war das des Kugelschreibers, den der Junge zu Boden geworfen hatte.

»Vielleicht hast du schon längst gewonnen«, sagte er.

Er schloss die Augen wieder. »Die meisten Puddingsorten machen mich kribbelig. Aber nicht Jello-O-Pudding. Denn Jell-O hat kein Koffein. Er schmeckt korrekt – denn Gutes fährt am Besten. Ja, ich mag Jell-O-Pudding. Nichts hilft mir wirksamer, um Kopfschmerz zu entschlünden. Oder wenn du deinen Mundgeruch neu miedern willst – bevor dein Mundgeruch *dich* miedert.«

Das Geräusch, das ihn dieses Mal zurück holte, war das Geräusch seiner Autoschlüssel am Bund. Seine Tochter hielt den Bund und sagte: »Daddy, los. Du kommst du spät.«

»Das habe ich euch gesagt. Oder nicht?«, sagte der Vater. »Ich sagte: ‚Passt auf, dass ich wegen euch nicht zu spät zu meinem Termin komme.«

Er folgte seiner Tochter raus zum Auto. »Habe ich gesagt, worum es bei Jello-O wirklich geht?«

Seine motorischen Fähigkeiten waren nicht beeinträchtigt.

Er fuhr langsam, umsichtig, das Mädchen auf dem Nebensitz. Er fuhr vom Freeway runter auf eine breite Gewerbestraße mit Food-Franchises und scheiternden Unternehmen. Der Ort, den er ansteuerte, war noch ein paar Blocks entfernt.

Eine rote Ampel ließ ihn gegenüber des House of Marlene halten. Im verschmierten Fenster hing ein handgeschriebenes Schild. Auf dem Schild stand CELIA, FRÜHER BEI MR. EDWARD, IST ZURÜCK IN UNSERER BELEGSCHAFT.

Die Hände des Vaters entspannten sich über dem Lenkrad.

Celia, dachte er.

Celia ist zurück, um alles in Ordnung zu bringen. Die wundersame Celia nutzt ihre erstaunlichen Kräfte.

Die Ampel wurde grün. Ist sie wirklich zurück?, fragte er sich. Wird Celia dieses Mal bleiben?

Trotz der Hupen hinter ihm, trotz der Fäuste seiner Tochter von der Seite blieb der Vater, wo er war.

Alles wird gut, dachte er – jetzt, wo Celia da ist.

VON NASHVILLE BLEIBT NUR ASCHE

Erst wird der Hund verbrannt. Dann liege ich im Bett meines Mannes, verfolge die Oscarverleihung für Tiere. Die Gala heißt nicht »Oscars für Tiere«, doch Tiere bekommen dort Preise für Herausragende Darstellerische Leistungen in Film, TV oder Werbung. Letztes Jahr gewann der Stier von Schlitz Malt Liquor. Davor gewann Kakadu Fred. Kakadu Fred wurde ausgezeichnet, weil er eine Miniflasche »Schnaps« austrank, torkelte und betrunken zur Seite kippte. Das ist das Beste, was das Fernsehen zu bieten hat, sagte mein Mann Flea.

Seit Flea fort ist, schaue ich aus Gewohnheit.

Chuck hockt groß und weiß auf dem warmgelaufenen Fernseher und hält eins seiner vier Millionen Nickerchen. Sein Schwanz hängt vorne herunter und teilt das Bild in zwei Hälften. Auf der Kommode, gleich neben dem Telefon, steht die Mini-Kiste aus Pinienholz mit Nashvilles körniger, grober Asche.

Löwe Neil, Tippi Hedrens Haustier, gewinnt den Jahres-Hauptpreis. Der Moderator erklärt, Neil sei gerade auf Dreh in Afrika, also nähme Winston den Preis entgegen, Neils Enkel. Eine Frau nähert sich der Bühne: Sie wiegt ein zehn Wochen altes Löwenjunges im Arm und das gesamte Publikum macht *Oooooch*. Ich wette, auch alle Zuschauer daheim. Dann müssen die Preisträger zusammen auf die Bühne. Ich nehme an, alle sind betäubt – denn keiner beißt den anderen.

Ich habe genug damit zu tun, die meinigen zu versorgen. Chuck braucht Tomatensaft wegen seines Harntrakts. Boris und Kirby brauchen Bierhefe für ihre Nissen. Ich habe den Staubsauger nicht weggeräumt, also kreischt der Beo. Vögel halten den Saugschlauch für eine Schlange.

Nach Fleas Schlaganfall verkaufte er die Klinik. Das hier sind die einzigen, die ich noch versorge. Der harte Kern, der schon immer hier bei uns wohnte

Mein Mann ist übrigens F. Lee Forest, Doktor der Veterinärmedizin.

Die Klink steht gleich nebenan.

Mein Klan hat ihm das anfänglich überhaupt erst ermöglicht. Ich kaufte die Klinik von meinem Apfelmus-Geld. Mein Vater machte ein Apfelmusvermögen, weil *er* die Schale ziehen ließ, ohne Lauge einzusetzen. Mir blieb genug vom Nachlass übrig, und ich hatte, was ich wollte. Ich kaufte die Klinik für Flea, weil ich es konnte.

Will Rogers nannte Tierärzte die feinsten unter den Ärzten, weil ihre Patienten nicht sagen können, was ihnen fehlt. Ein Tierarzt tastet sich vor, allein. Er tastet mit dem Herzen.

Ich glaube, ich war verliebt in diese Sorte Liebe. Diese Art von Engagement war eine Bestärkung; ich dachte, es würde sich auf mich ausdehnen. Dass dann nichts kam oder jedenfalls nicht mehr als das, was Flea auch an die Tiere gab, verwirrte mich erst. Meine Liebe ist so gut, dachte ich – warum lockt sie keine gleich starke Liebe zurück?

Wir hätten damals gleich alles hinwerfen können. Doch die grimmige Hingabe, mit der Flea Tiere behandelte, ließ mich weiter warten und machte mir Hoffnung.

Fleas Arbeit wuchs mir nie ans Herz. Ich bin zum Beispiel allergisch gegen Katzenhaare. Seit zwanzig Jahren brauche ich Immunbehandlungen. Keine Pillen. Sondern richtige Injektionen.

Noch mit 17 hielt ich Schinken für eine Tierart. Trotzdem brach mir kein Zacken aus der Krone, als ich später nebenan für Flea eine Stuhlprobe durchcheckte.

Erst gehe ich zu dem Beo und räume den Sauger fort. Wenn er nicht gerade kreischt, sagt er einen einzigen Satz. Flea hat ihm das beigebracht. Er hängte ein Schild an den Käfig, auf dem stand: SAG, ICH SEI DUMM. Du sagst dem Vogel »Okay: Du bist dumm«, und er sagt richtig sarkastisch: »*Ich* kann reden – kannst *du* fliegen?«

Damit hätte Flea in Vegas auftreten können. Tatsächlich aber hast du schlechte Karten, wenn du dich mit Vögeln gut Freund machen willst: Der Beo wird als erstes gehen. Als zweites, falls Nashville zählt.

Ich habe Flea versprochen, dass ich mich kümmern werde. Ich kümmere mich: Ich habe die neuen Besitzer selbst in Augenschein genommen.

Nashville war sein Liebling. Sie war ein taubengrauer Saluki mit leicht befederten Läufen und nilgrünen Augen. Die dürren Hunde auf ägyptischer Töpferware? Das sind Salukis. Damals haben die Menschen sie verehrt.

Auch Flea tat das.

Er fütterte die Hündin mit Datteln.

Und ich sah zu, wie sie jeden Kern vorsichtig ausspuckte, bevor sie in die nächste biss. Sie saß herum wie eine Sphinx, während Flea in ihren Mund fasste und ihr lakritzfarbenes Zahnfleisch massierte. Sie ließ zu, dass er mit dem Fingernagel Tatar aus ihren Zähnen knibbelte.

So. Das ist das letzte Mal, dass ich ihren Namen erklären muss: Der beste Hund des Wurfs hieß Memphis. Vorgesehen war, dass sie ägyptische Namen tragen. Flea verstand das falsch und nannte seine Hündin Nashville. Jemand drüben im Osten wurde zum Frauchen von Boston.

Am Ende jedes Sommers brachte Flea Nashville ins Central Valley. Sie scheuchten ein paar Feldhasen in den Weinbergen auf. Wenn es ein Windhund ist, nennt man das ,Hasenhatz'. Mit ihren scharfen Augen sah Nashville einen Hasen und zeigte ihn Flea, damit er ihn verfolgte. Einmal zeigte sie stur hoch in den Himmel. Flea sagt, er konnte ihrem Blick zu einem Flugzeug folgen, das grade über die Sonne flog.

Manchmal kam ich mit, und einmal ließen wir auch Boris jagen. Boris ist ein russischer Wolfshund. Er ist so groß wie ein Paradewagen beim Rose Bowl.

Er ist ein Hund gewordener Teenager: Hätte er keine Tasthaare, er hätte Akne. Er ruiniert pro Woche zwei Nylabone-Kauknochen, und einmal aß er einen Karton Nägel.

Doch – einen Karton.

Am Tag, als wir Boris auf die Hasen los ließen, hatte er eine Tasse Kaffee getrunken, mit etwas Milch und Kaffeesahne. Flea gab sie ihm, weil Koffein beim Fährtenlesen hilft. Aber Boris war so aufgeregt, er konnte Beute von nichts und niemandem unterscheiden. Sogar *auf mich* ging er los – hundert Pfund Russischer Wolfshund, aufgedreht von Maxwell House-Kaffee. Bei einem solchen Anblick schnürt sich dir der Saum ins Kleid. Heute lasse ich Boris nur im Park jagen, dann rennt er Jungtauben hinterher und Grauhörnchen mit kahlem Schwanz.

Das erste Wort, das F. Lee nach dem Schlaganfall sagte, und das war drei Wochen später, war »Mumpitz!«. Ich glaube, das galt Boris. Trotzdem war es Boris, der den Rollstuhl für ihn schob. Auf einem flachen Stück Bürgersteig nahm er Anlauf, sprang und stieß die Vorderpfoten so fest gegen die Rückseite des Stuhls, dass Flea für mehrere Meter rollte, überraschend stilvoll.

Ich fragte Flea, wie er das Boris hatte antrainieren können. Fleas Antwort war: »Gar nicht.«

Ich könnte einen solchen Hund lieben – hätte er ihn nicht zuerst geliebt.

Ich fand einen Trick, um endlich etwas Schlaf zu bekommen. Ich schlafe im Bett meines Mannes. Dann ist das leere Bett gegenüber, auf das ich schaue, mein eigenes.

In kalten Nächten trage ich seine Socken als Fäustlinge. Ich lese in seinem Bett. Leute schicken immer noch Briefe, weil er diese Kolumne hatte: Er schrieb zu Haustier-Fragen in der Zeitung. Der neue Tierarzt gibt mir manchmal Briefe weiter, um mich zum Lachen zu bringen. Hier ist einer, der mir gefiel – ein Mann glaubt, seine Katze sei schwul.

Der Brief beginnt: »Mein Kater Frank (nicht sein richtiger Name)...«

Neben Fleas Socken trage ich auch seine Uhr.

Viele von uns tragen die Armbanduhren ihrer toten Männer. Daran erkennen wir uns.

Zur Schlafenszeit überlege ich, wie Nashville neben Flea geschlafen hat. Für Flea muss es sich angefühlt haben wie ein Sack voller Geweihe. Ich las von einer Ehe, die scheiterte, weil ein Mann den afghanischen Windhund im Ehebett schlafen ließ.

Ich hatte mein eigenes Bett. Ich schlief dort allein. Außer, wir brauchten – nein: keinen Sex. Aber Sex brachte uns in ein Bett.

Ich verbringe keinen Morgen allein. Jetzt, wo Nashville weg ist, kommt Chuck vorbei.

Chuck ist ein Kater, weißes Fell, blaue Augen, und einer der wenigen, die nicht taub sind. Was nicht heißt, dass er kommen würde, falls du ihn rufst. Sein Fell ist dick wie Biberpelz. Fährst du mit dem Finger hindurch, ziehen die Finger tiefe Furchen.

Wenn sich Chuck benimmt, ist er der Nashville unter den Katzen. Aber der größte Spaß, den er kennt, ist das Herausziehen jedes einzelnen Tuches aus einer Packung Kleenex. Wird er zu ungestüm, beruhige ich ihn. Mit einem Kamm. Flea hat es mir gezeigt. Katzen müssen gähnen, sobald man über die Zinken eines Kamms kratzt. Dann machen sie, was du willst. Jede Katze – egal, wie blasiert.

Tiere sind authentisch, sagte Flea früher. An ihnen ist nichts verlogen. Ich würde Katzen dagegen halten: Sie zucken und fallen um... und starten dann einfach schnell eine Katzenwäsche. Das *wollte* ich tun. Absichtlich! Überspielen ist Trug, und Katzen überspielen: Wer – *ich?* Sie ziehen nebenan ein, wo ihnen das Futter besser schmeckt und sehen dich auf der Straße und kennen deinen Namen nicht. Und *deren* Namen kennen sie auch nicht.

Der Morgen ist die Zeit, zu der ich bete.

Der Briefträger hat es sich in Sachen Beo doch noch einmal anders überlegt; und als Mrs. Kaiser kam, um Kirby und Chuck zu holen, konnte ich sie beide nicht finden. Ich hatte ihre Sachen und Vorräte in eine Tasche neben der Tür gepackt: Chucks Tomatensaft und seine Spielmaus; und die Magnesiumhydroxid-Tabletten, um Kirbys Zähne sauber zu halten.

Von Chuck kann man nichts anderes erwarten. Aber Kirby ist pflichtbewusst. Sie ist am längsten hier – ein zierlicher, klein geratener Golden Retriever, von Profis trainiert, um im Fernsehen aufzutreten. Sie hätte eine Serie gekriegt, aber dafür blieb sie zu klein. Trotzdem beherrscht sie eine Reihe nutzloser Tricks. Das Kunststück, das nebenan im Wartezimmer die größte Begeisterung auslöste, war Kirbys Verhaftung.

»Kirby«, sagte Flea, »so leid es mir tut: Du bist verhaftet.« Der Hund drehte sich zur Wand. »Ich werde dich durchsuchen müssen, Kirb.« Und sie stellte die Vorderpfoten hoch an die Wand und hielt still, während Flea ihre Flanken abklopfte.

Mrs. Kaiser kam zu Besuch, nachdem ihr eigener Hund gestorben war.

Als Kirby ihr eine Pfote in den Schoß legte, brach Mrs. Kaiser in Tränen aus.

Ich dachte: Gott liebt einen aufdringlichen Hund.

Tatsächlich ist Kirby einfach *kopfscheu* und bietet den Leuten lieber eine Pfote als den Kopf zum Streicheln an. Aber Mrs. Kaiser behielt die Geste in Erinnerung. Als ich ihr sagte, Chuck bräuchte ein Zuhause ohne Kinder, willigte sie ein, auch ihn zu nehmen. Chuck wird eifersüchtig auf Kinder und bekommt Asthmaanfälle. Geht er, dachte ich, kann ich im Dezember Mistelzweige und Töpfe mit Weihnachtssternen im Haus haben.

Als ich die beiden im Garten nicht fand, sagte ich Mrs. Kaiser, ich brächte sie selbst vorbei, sobald sie sich wieder zeigten. Mrs. Kaiser stand vorne in der Diele und sprach mit Boris. Naja: Sie sprach *für* Boris.

»›Oh‹, sagt er, sagt er, ›was für ein prima Knochen‹, sagt er, sagt er, ›kriege *ich* auch einen prima Knochen?‹«

Boris lief weg und ließ sich auf einen Flechtteppich fallen.

»›Junge, Junge‹, sagt er, sagt er, ›Junge, bin ich fertig!‹«

Mrs. Kaiser trägt die Armbanduhr ihres Mannes seit Jahren.

Nachdem sie endlich fertig war und weg, kamen die Tiere hervor. Chuck hatte ein halb gefressenes Streifenhörnchen im Maul. Er ließ es auf den Küchenboden fallen. Ein Mahnmal der Grausamkeit einer Welt, in der gefressen wird, um zu leben.

Nach F. Lees Tod wollte jemand wissen, wie es mir ging. Ich sagte, ich hätte jetzt endlich genug Kleiderbügel für mich selbst im Schrank. Ich glaube nicht, dass ich das wirklich hatte sagen wollen. Oder vielleicht doch. Genau das.

Nashville starb an ihrem gebrochenen Herzen. Sie weigerte sich, zu essen und gab einfach auf.

Eine Infektion befiel sie.

Am Ende habe ich selbst das Pentobarbital gespritzt.

Ich stand die ganze Zeit im Schatten dieses Hundes: Hört mir doch zu!

Tatsächlich aber glaube ich, dass wir alle in Wahrheit genau gleich geliebt wurden. Die Liebe, die Flea mir gab, war dieselbe Liebe, die er ihnen gab. Er sagte den Hunden nicht: Du kriegst meine Liebe, wenn du vom Teppich fort bleibst. Er liebte sie, egal, was sie taten.

Dasselbe bekam ich.

Ich wollte Bedingungen.

Mein Gott: Das ist doch mal ein Eingeständnis!

Mein Gatte sagte, ein Tier kann dich nicht enttäuschen. Auch das habe ich in Frage gestellt. Ich sagte: Aber sicher kann es das. Was wäre mit einem Hund, der sich immer wieder auf den Teppich legt? Wie fühlst du dich, wenn all deine Versuche, ein Verhalten zu ändern, zu nichts führen?

Ich weiß, wie es sich anfühlt.

Ich würde gern größere Gedanken denken. Aber wie es aussieht, habe ich keine einzige Erinnerung an unser gemeinsames Leben, in der nicht eines der Tiere vorkäme.

Kirby trägt samstags immer noch Fleas Zeitung rein.

Meist sah sie zu, wenn er das Kreuzworträtsel löste. Er tat, als sprächen sie sich ab: »Ich verstehe, warum du *KÖTER* vorschlägst – aber siehst du nicht? *KATER* passt hier genau so gut.«

Boris und Kirby streiten immer noch um seine Hausschuhe. Aber wie Flea früher sagte: Solcher Aufruhr hält selten länger als die Schuhe selbst.

Hier also sind wir, immer noch. Boris, Kirby, Chuck – von Nashville bleibt nur Asche. Bevor ich schlafen gehe, sage ich zum Beo, er sei vielleicht nicht dumm. Aber sicher blöde.

An unserem Jahrestag kamen Blumen. Laut Kärtchen stammten die Rosen von F. Lee. Als ich den Floristen anrief, sagte er, Flea hätte eine »Liebeslebens«-Versicherung abgeschlossen. Ein Service, den sie Leuten anbieten, die es sonst vergessen. Man gibt das Datum an, und der Florist schickt automatisch Blumen.

Die Blumen haben mich erschreckt. Ich wollte laufen, bis ich mich besser fühlte; die lange Strecke, bis in die Stadt hinein.

Bevor ich nach draußen ging, gab ich Chuck Laxatone. Jetzt, wo es wärmer wird, muss er die Oberhand über Haarballen behalten. Ich stellte seinen Napf mit Trockenfutter auf einen flachen Teller voll Wasser und gab einen Löffel Spülmittel ins Wasser. Chuck isst in kleinen Portionen über den Tag verteilt; der Burggraben aus Seife hält die Insekten fern.

Auf dem Weg in die Stadt schnappte ich zurück in mein Ich.

Zwei Vorfälle mache ich dafür verantwortlich:

Als erstes den Bettler. Er hatte ein Lager auf dem Gehsteig, neben ihm ein Hund; ein schlafender, steinalter Collie mit tränenden, vergrießten Augen. Unter seiner Schnauze stand ein roter Plastiknapf mit einem Schild, ESSEN FÜR DEN HUND – BITTE SPENDE.

Der Hund war still wie die, die Flea geheilt und dann im Arm gewiegt hatte, während die Narkose ausklang.

Ein paar Blocks weiter kaufte ich ein Pfund Rinderhack.

Den Weg zurück rannte ich beinahe.

Die beiden waren noch da, im Napf ein paar Vierteldollarstücke. Ich fühlte mich recht gut, als ich das Essen überreichte. Ich fühlte mich gut, bis ich mich umdrehte und den Mann bemerkte, der mir zugesehen hatte. Er lehnte gegen das Metallgitter einer geschlossenen Schuhwerkstatt, zu seinen Füßen ein leerer Blechbecher. Er hatte alles gesehen. Und ihm gab ich nichts.

Wie weit treibt man so eine Sache? Ich denke, man treibt sie immer weiter. Nimmt sich das voll zu Herzen. Wir geben, was wir können – so weit reicht das Herz.

Das jedenfalls war der erste Vorfall, der mich umdrehen ließ, nach Hause. Der zweite war einfach Regen.

SAN FRANCISCO

Weißt du, was ich denke?

Ich denke, es waren die Erdstöße. Die lösten das aus: Als der Boden unter unseren Füßen schwankte wie Bongo-Boards? Du und Daddy und ich hatten damals gerade Lunch. Weißt du das noch? »Ich denke mal, das ist kein Erdbeben«, sagtest du, »Ich denke mal, du schüttelst den Tisch?«

Damals muss das passiert sein. Eine Armbanduhr auf einer Kommode, irgend so ein kleines Ding – das muss direkt nach unten geschleudert worden sein. Voll auf den Boden.

Und wie hätte Maidy Bescheid wissen sollen? Maidy im Büro des Doktors? All diese Jahre auf der Couch des Psychiaters – und plötzlich *bewegt sich* die Couch.

Großer Gott. Sie ist auf dieser Couch, als das große Beben zuschlägt.

Maidy hat dir das verschwiegen. Aber weißt du, was ihr Doktor verriet? Als Maidy von der Couch aufsprang und sagte: »Mein Gott. War das ein Erdbeben?«

Da sagte ihr Doktor: »Haben Sie sich denn in einem Erdbeben *empfunden*?«

Hier herrscht mal Einigkeit zwischen dir und mir, denke ich: Man muss den eigenen Blick immer auf die Sonnenseite lenken.

Ich denke, da kam es dann. Nicht, dass mir sowas wichtig wäre. Maidy will das wissen. Nicht ich. Sie glaubt, sie kriegt immer alles ab – als älteste Tochter. Aber bitte: Wo war die älteste Tochter, als es dann wirklich so weit war? Welche deiner Töchter fand dich denn? Am Ende?

Als Maidy dann anfing, nach deiner Armbanduhr zu fragen, konnte ich nicht anders. Ich *musste* das sagen. Ich sagte: »Danach fragst du? Während ihre Leiche noch nicht mal kalt ist?«

Maidy sagte, Körper und Person, das wäre nicht das selbe, der Mensch sei die *Essenz*, und diese Essenz verlässt den Körper und lässt alles Hab und Gut zurück. Eine Armbanduhr – zum Beispiel.

»Zeit fliegt«, sagte ich, »wie ein Pfeil.«

»Zeug flog«, sagte ich, und Maidy sagte: »Hä?«

»Zeug flog«, sagte ich erneut. »Zeug flog: das war wohl Flug-Zeug.«

So einfach ist es, Maidy reinzulegen.

So einfach – erinnerst du dich?

Jetzt glaubt Maidy, ich hätte deine Armbanduhr. Weil ich zuerst dort ankam und weil mein erster Gedanke war, sie einzustecken. Maidy fragt noch immer: »Wer nahm Mama die Uhr ab?« Sie sagt: »Nahmst *du* Mama die Uhr ab?«

DER FRIEDHOF, AUF DEM AL JOLSON BEGRABEN LIEGT

»Erzähl mir Dinge, die ich danach ohne Reue wieder vergessen kann«, sagte sie. »Nimm nutzlosen Kram. Überspring den Rest.«

Ich fing an – sagte ihr, Insekten flögen Zickzack durch den Regen. Sie wichen jedem Tropfen aus und würden nicht nass. Ich sagte ihr, niemand in ganz Amerika besaß ein eigenes Tonbandgerät – vor Bing Crosby. Ich sagte ihr, der Mond hätte die Form einer Banane. Immer, wenn er rund und voll scheint, sehen wir auf eins der Enden, frontal.

Die Kamera machte mich verlegen und ich stoppte. Sie hatte uns aus einem Deckenstativ im Blick. Die Sorte Kamera, mit denen Banken Bankräuber filmen. Wir wurden zu den Intensivschwestern ans andere Ende des Flurs übertragen.

»Los Mädchen«, sagte sie. »Daran gewöhnst du dich.«

Ich hatte Publikum – also fuhr ich fort. Wusste sie, dass Tammy Wynette neue Töne anschlug? Mittlerweile singt sie »Stand by Your *Friends*«. Paul Anka macht das auch. »You're Having *Our* Baby«. Ich sagte, er hätte das feministische Genörgel satt.

»Was noch?«, fragte sie. »Hast du noch was?«

Und wie.

Für sie würde mit immer noch mehr einfallen.

»Als sie der ersten Schimpansin beibrachten, zu sprechen wurden sie sofort angelogen. Wusstest Du das? Sie fragten, wer das Geschäft auf dem Schreibtisch hinterlassen hatte und bekamen den Namen des Hausmeisters zu hören, in Zeichensprache. Unter Druck änderte sie die Aussage und entschuldigte sich, es sei der Projektleiter gewesen. Aber sie war Mutter. Sie hatte wohl ihre Gründe.«

»Oh, das ist gut«, sagte sie. »Eine Parabel.«

»Es gibt noch mehr zu der Schimpansin. Aber das bricht dir das Herz.«

»Danke nein«, sagt sie und kratzt an ihrer Maske.

Wir sehen aus wie die Guten, als Böse maskiert. Egal aber ob gut oder böse – ich kann mich nicht daran gewöhnen. Dauernd taste ich die warme Stelle ab, durch die – Gott sei Dank! – mein Atem austritt. Sie selbst ist ihre Maske gewohnt, verknotet nur die beiden oberen Bänder. Die anderen beiden lässt sie, ein Profi mittlerweile, frei hängen.

Wir nennen diesen Ort das »Chefarzt Dr. Welby«-Krankenhaus. Das weiße mit den Palmen, und drüber immer die Namen der Stars in allen Serien-Intros. Ein Hollywood-Krankenhaus, das aber tatsächlich mehrere Meilen westlich liegt. Außerhalb des Bildausschnitts, gegenüber der Straße, beginnt ein Strand.

Ich werde der Krankenschwester als »Die Beste Freundin« vorgestellt. Die Worte, der bestimmte Artikel, deuten eine Vertrautheit an. Nicht zwischen uns – sondern zwischen der Schwester und meiner Freundin.

»Ich habe ihr erzählt, dass wir früher Ginger Ale von Canada Dry tranken und dabei taten, als wären wir in Kanada.«

»So dumm waren wir«, sagte ich.

»Ihr könntet Schwestern sein«, sagt die Schwester.

Wie aber kommt es dann, fragen alle hier sich garantiert, dass ich so lange brauchte, um zu kommen, an einen so glamourösen Ort? Aber fragen sie?

Sie fragen nicht.

Zwei Monate. Und wie lange dauert schon die Fahrt?

Ich kann es nur so erklären: Ich habe einen Freund, der einen Sommer lang in einer Leichenhalle jobbte. Er brachte Geschichten mit. Die, die mir wirklich nicht mehr aus dem Kopf ging, war nicht einmal die grausigste. Und trotzdem hat sie mich gekriegt. Ein Mann fuhr sein Auto zu Schrott, am Highway 101. Er blieb noch bei Bewusstsein. Doch sein Arm war bis zum Knochen aufgerissen. Und als er ihn ansah… erschrak er zu Tode.

Also: Er starb.

Ich wagte nicht, genauer hinzusehen. Erst jetzt.

Ich hoffe, dass ich es überlebe.

Sie schiebt eine leichte Decke beiseite und gibt den Blick auf ein Bein frei, das wirklich niemand sehen möchte. Abgesehen davon aber wirfst du einen Blick auf sie und dir wird völlig klar, warum gesetzlich vorgeschrieben ist, dass jeder Leichnam stets von *zwei* Personen begleitet werden muss.

»Ich dachte da an was«, sagt sie. »Ich dachte letzte Nacht daran. Ich glaube, hier gibt es einen echten, richtigen Bedarf. Weißt du«, sagt sie, »zum Beispiel, dass ein Profi kommt und was für dich… zu Ende bringt, wenn du es selbst nicht mehr so kannst? Also du rufst an. Sobald es nötig wird.«

Sie krallt das Telefon neben dem Bett und wickelt sich das Kabel um den Hals.

»Hey«, sagt sie, »hier ist Sense. Endstation.«

Sie macht weiter, ist wegen irgendwas in Kicherlaune. Aber ich weiß nicht, warum.

»Mir fällt das nicht mehr ein«, sagt sie. »Was sagt Kübler-Ross? Was ist die nächste Stufe nach Leugnen?«

Mir scheint, danach kommt Wut. Dann Aushandeln, Depression und so weiter. Aber das behalte ich für mich.

»Die Sache ist nur«, sagt sie, »wo bleibt die ‚Auferstehung'? Gott weiß, ich mache das gerne Punkt für Punkt, aber die hat ‚Auferstehung' einfach weggelassen!«

Sie lacht und ich halte mich an diesem Lachen fest wie jemand, der über einem Abgrund hängt und sich hastig an ein zugeworfenes Seil klammert.

»Jetzt sag«, sagt sie. »Erzähl mir von dieser Schimpansin und ihren sprechenden Händen. Was machen sie, sobald ihr Forschungs-Dings vorbei ist und sie sagt: Ich will nicht zurück in den Zoo?«

Als ich nichts sage, sagt sie »Gut – aber dann erzähl mir eine andere Tiergeschichte. Ich mag Tiergeschichten. Aber keine gestörte: Nichts über die ganzen Blindenhunde, die blind werden.«

Nein, für sie keine gestörte Geschichte.

»Was ist mit den Gehörlosenhunden?«, sage ich. »Die werden nicht taub, aber immer nörgeliger. Zum Beispiel gibt's da diesen Golden Retriever in New Jersey, der eine gehörlose Mutter weckt und sie ins Zimmer ihrer Tochter bugsiert, weil das Mädchen heimlich liest, mit einer Taschenlampe unter der Decke.«

»Zum Totlachen«, sagt sie. »Wegen dir lache ich jetzt, bis ich sterbe.«

»Man sagt, schlaue Hunde gehorchen. Aber schlauere Hunde wissen, wann sie nicht gehorchen sollten.«

»Ja«, sagt sie. »Jedes schlauere Irgendwas weiß, wann es verweigern muss. Zum Beispiel jetzt.«

Sie flirtet mit dem Guten Doktor, der gerade erschienen ist. Der Schlechte Doktor kontrolliert den Tropf, bevor er guten Morgen sagt. Der Gute Doktor sagt Dinge wie »Für Epileptiker macht Gott das Leben zur Zitterpartie.« und gibt sich Bonuspunkte, je nachdem, wie viele Krüppel er unten beim Ausparken hätte überfahren können. Und weil der Gute Doktor ein bisschen in sie verliebt ist, sagt er: »Vielleicht noch ein Jahr.« Er zieht sich einen Stuhl ans Bett und schlägt vor, dass ich vielleicht gerne eine Stunde am Strand verbringen würde?

»Bring mir was mit«, sagt sie. »Irgendwas vom Strand. Oder aus dem Klinikladen. Geschmack spielt keine Rolle.«

Er zieht den Vorhang um ihr Bett.

»Warte!«, schreit sie.

Ich schaue sie an.

»Irgendetwas«, sagt sie. »Nur kein Jahresabo einer Zeitschrift.«

Der Arzt dreht sich fort.

Ich sehe ihren Mund ein Lachen formen.

Was uns gefährlich scheint, ist es oft nicht - schwarze Schlangen beispielsweise. Oder Turbulenzen in wolkenfreier Luft. Dinge aber, die einfach ruhig da liegen, wie dieser Strand, strotzen vor Hinterhalt. Gelber Staub steigt auf, die Hitze lässt Melonen über Nacht reifen - es ist Erdbebenwetter: Du kannst hier sitzen und die Fransen deines Badetuchs flechten – und mit einem Mal wird der Boden fortgesogen wie in einer Sanduhr. Die Luft brüllt. In den billigen Strandwohnungen füllen sich die Badewannen von allein und Rasenflächen wogen hin und her wie grüne Wellen. Falls nichts geschieht, verweht der Staub wieder und die Hitze wird so drückend, dass sich deine Angst in Lust verwandelt. Deine Nerven sind so überspannt, dass nur noch Katastrophen helfen.

»Es schlägt nie zu, wenn du gerade daran denkst«, sagte sie einmal. Sie sagte: »Erdbeben, Erdbeben, Erdbeben.«

»Erdbeben, Erdbeben, Erdbeben«, sagte ich.

Wie der Fluggast erfüllt von Flugangst, der die Maschine nur durch pausenloses Beten in der Luft hält, machten wir so lange weiter, bis ein Nachbeben Risse durch die Decke zog.

Das war nach dem großen Beben 1972. Wir waren im College; unser Wohnheim nur fünf Meilen vom Epizentrum entfernt. Am Ende der Achterbahn, als sich mein brabbeliger Puls langsam beruhigte, mischte sie Orangensaft und Sekt im Verhältnis 1 zu 5 und witzelte über den Strand in Ocean View, Kansas. Ich bot ihr an, sie im Auto nach Hawaii zu fahren, sobald sich endlich die neue Welt aus dem Ozean erhoben hätte, die uns die Wahrsager für das nächste oder übernächste Beben versprochen hatten.

Das nächste konnte ich jetzt nicht sagen.

Für wen das nächste?, könnte sie fragen.

War ich die einzige, die merkte, dass die Experten nicht mehr »falls« sagten, sondern nur noch »wenn« oder »sobald«? Natürlich nicht. Überall hatten Tausende, Abertausende Angst. Wir suchten nach Anomalien im Bewegungsablauf japanischer Käfer. Jede Abweichung könnte Vorbote sein für neue Gewalt durch die Elemente.

Ich wollte, dass sie sich mit mir fürchtete. Doch sie sagte: »Ich weiß nicht, wo meine Furcht ist.«

Sie fürchtet sich vor nichts, nicht einmal vor dem Fliegen.

Vor einem Flug habe ich diesen Traum: Wir schnallen uns an, das Flugzeug rollt die Startbahn entlang, wir heben ab mit 35 Meilen pro Stunde und dann sind wir dort oben und streifen die Wipfel. Doch wir kommen trotzdem pünktlich in New York an.

Das ist so angenehm.

Einmal nachts flog ich so nach Moskau.

Und einmal flog sie mit mir; flog mit mir und aß Macadamianüsse, während die Flügel vibrierten. Sie weiß, dass sich die Tragflächen an den Spitzen neun Meter hoch und neun Meter herunter biegen können, ohne Schaden zu nehmen. Sie glaubt es, hat Vertrauen in die Gesetze der Thermodynamik. Mein eigener Geist rennt wie eine Herde Tiere. Ich kann nahezu akzeptieren, dass ein Schlachtschiff wirklich schwimmt – auch wenn jeder weiß, dass Stahl sinkt.

Jetzt sehe ich Furcht in ihr und ich werde nicht versuchen, ihr das auszureden. Sie fürchtet sich zurecht.

Nach einem Beben zeigen die 6-Uhr-Nachrichten einen Clip mit Erstklässlern, die ihren in Trümmern liegenden Spielplatz anschreien, auf Anweisung des Lehrers.

»*Böse* Erde!«, schreien sie, denn Wut ist stärker als Angst.

Heute aber steht der Strand still. Jeder ist betäubt, dämmert oder schläft. Schülerinnen reiben sich gegenseitig Kokosöl an die schwer erreichbaren Stellen. Sie riechen wie Kokosmakronen, stemmen Schminkdöschen auf wie Venusmuscheln; Spiegel brechen die Sonne und werfen Strahlen weißen Lichts wie Fächer über gecremte Schultern. Sie bringen ihr Haar mit Seidenblumen in Form, wie das in *Seventeen* gelehrt wird. Sie nehmen Posen ein.

Ein Geschwader tiefergelegter Autos fährt zum Gaffen rechts ran. Die Fahrer öffnen ein Sixpack und werden lauter, als sich die Mädchen gegenseitig auf möglichst nahtlose Bräune inspizieren. Als das Bier leer ist, jagen sie mit quietschenden Reifen weiter, hoch zur Straße.

Hinter all diesen aggressiv gesunden Körpern heben sich die flamingopink bemalten gusseisernen Zwillingsterrassen des Palm Royale. So oft die Bettlaken gewechselt werden, so oft stirbt jemand dort. Gerade steht ein Krankenwagen in der Einfahrt, also reihen sich die überlebenden Mieter die Balkone entlang, schaukeln hin und her und schweigen – düpiert, weil jemand anderes heute im Mittelpunkt steht.

Der Ozean, auf den sie starren, ist tückisch. Nicht nur die Strömung. Man kann schon beinahe sehen, wie Leichen hier durchs Wasser treiben, vom Schlag der Schwanzflossen der Sandhaie noch in Bewegung gehalten.

Sie könnte das von ihrem Fenster aus sehen, in Teilen – würde sie hinaussehen. Sie wäre die erste, die laut sagt, wie wenig es braucht, damit eine Sache plötzlich ganz verpfuscht und falsch wird.

Ich kam zurück… und da im Zimmer stand ein zweites Bett!

Zwei Augenblicke lang verstand ich nichts. Dann traf es mich wie ein geöffneter Sarg.

Sie will jede Minute, dachte ich. Sie will mein Leben.

»Du hast Gussie verpasst«, sagte sie.

Gussie ist das 300 Pfund schwere, narkoleptische Hausmädchen ihrer Eltern. Oft schlägt die Narkolepsie beim Bügeln zu. In dieser Familie haben alle Kissenbezüge einen Saum aus Brandflecken.

»Für sie ist das eine schwere Fahrt«, sagte ich. »Wie geht es ihr?«

»Na ja. Sie schlief nicht ein – falls du das meinst. Gussie ist toll. Weißt du, was sie sagte? ‚Schatz, spar dir so Besorgnisserei. Einfach immer beten, auf den Knien!‘ – und das zu mir, die es nicht mal aus dem Bett schafft.«

Sie zuckte die Schultern. »Und? Was verpasse ich so?«

»Erdbebenwetter.«

»Das beste Mittel gegen Erdbeben«, sagte sie, »ist, nicht in Kalifornien zu leben.«

»Wie nützlich. Die klingst wie Reverend Ike. ‚Den Armen hilft am meisten, wenn du dir Mühe gibst, keiner von ihnen zu werden‘.«

Wir sind verrückt nach Reverend Ike.

Ich merkte, dass ihr Gesicht geschwollen war.

»Weißt du«, sagte sie, »mir geht's verdammt beschissen. Ich breche mein Spaßhaben gleich ab.«

»Die alten Völker haben eine Redensart«, sagte ich. »Zu manchen Zeiten schweigen die Wölfe; zu manchen Zeiten heult der Mond.«

»Was ist das – Navaho?«

»Wandschmiereien in der Lobby des Palm Royale. Da habe ich die Zeitung geholt. Ich lese dir etwas vor.«

»Obwohl mir gar nichts wichtig ist?«

Ich blätterte bis zur Spalte mit den nutzlosen Fakten. »Wusstest du, dass Flamingos pinker werden, je mehr Shrimps sie essen? Und wusstest du, dass Eskimos Kühlschränke brauchen? Weißt du, *warum* Eskimos Kühlschränke brauchen?« Ich sagte: »Wusstest du, dass Eskimos Kühlschränke brauchen, weil ihnen sonst das Essen einfriert?«

Ich blätterte auf Seite 3, zu einer »Vermischtes«-Meldung der UPI, als Spitzmarke Mexico City: MANN ÜBERFÄLLT BANK MIT HUHN las ich vor über einen Mann, der sich am Straßenstand ein Hähnchen kauft, an einer Bankfiliale vorbeikommt und einen Einfall hat. Er geht zur Frau am Schalter, zielt mit dem Beutel aus braunem Packpapier auf sie und nimmt alle Bankbelege des Tages mit. Am Ende führt eine Duftspur von Grillsoße zu seiner Verhaftung.

Davon zu hören machte sie hungrig, sagte sie, also fuhr ich sechs Stockwerke hinunter zur Cafeteria und brachte ihr alle Eiscreme, die sie wollte. Wir lagen Seite an Seite, justierbare Betten auf perfekte Fernsehhöhe gestellt, müllten die Verpackungen von Good-Humor-Eisriegeln zwischen unsere Laken und fummelten geröstete Mandeln aus Verbandsmull. Wir waren Kumpaninnen wie Lucy und Ethel, Mary und Rhoda – in Höchstform. Die Jalousien waren zu, damit der Fernsehschirm nicht spiegelte.

Wir sahen einen Film mit Männern, von denen wir früher dachten, dass wir mit ihnen schlafen wollten: Ihrer war ein tougher Cop, der alles tat, um meinen aufzuhalten – einen üblen Vergewaltiger, der Jagd auf Cocktailkellnerinnen machte.

»Das ist ein guter Film«, sagte sie, als beide von Scharfschützen erledigt wurden.

Sie fehlte mir jetzt schon.

Auf Zehenspitzen kam eine Filipino-Krankenschwester. Sie gab ihr eine Spritze und räumte unsere Eisstiele vom Nachttisch; genug, um einem kleinen Tier Beinschienen anzulegen.

Die Injektion machte uns beide müde. Wir schliefen.

Ich träumte, dass sie Dekorateurin wäre und mein Haus einrichten wollte. Sie arbeitete heimlich und sang sich dabei selbst vor. Am Ende brachte sie mich stolz zur Tür. »Wie gefällt es dir?«, fragte sie und lotste mich hinein.

Jede Strebe und Leiste und jedes Regalbrett und jeder Knauf waren mit knallbunten Wimpeln umspannt und Krepp-Luftschlangen in Pastell wanden sich um grelle Spiegel.

»Ich muss nach Hause«, sagte ich, als sie wach wurde.

Sie dachte, ich meine ihr Haus im Canyon und ich musste sagen: Nein, *Zuhause*-Zuhause. Ich wrang die Hände, die bewährte Geste von Menschen unter Schmerzen. Ich sollte ihr etwas geben. »*Die Beste Freundin*«. Ich konnte nicht einmal anbieten, zurückzukommen.

Ich fühlte mich schwach und klein und gescheitert.

Außerdem beschwingt.

Mein Cabrio stand auf dem Parkplatz. Sobald ich draußen war, würde ich zu schnell den Küstenhighway runter fahren, durch die Abendluft, die nach Krebsen duftete. Ein Stopp in Malibu für Sangria. Die Musik dort wäre sexy und laut. Es gäbe Papaya und Shrimps und geeiste Wassermelone im Glas und nach dem Abendessen würde ich flirren vor Lust, surren vor Hitze, beben vor Leben und die Nacht durchmachen.

Ohne ein Wort riss sie ihre Maske runter und warf sie auf den Boden. Sie trat die Decken weg und ging zur Tür. Ich glaube, sie hasste es, erst Atem schöpfen und ihr Gleichgewicht finden zu müssen, ehe sie das Isolierzimmer und diesen zweiten Raum danach verlassen konnte; den, wo man Kittel überzieht und weiße Schutzmasken umbindet.

Eine Stimme rief ihren Namen, erschreckt – und Leute rannten den Flur hinab. Der Gute Doktor wurde durchs Interkom ausgerufen. Ich machte die Tür auf und die Intensivschwestern starrten mich an, als sei diese Flucht meine Idee.

»Wo ist sie?«, fragte ich und sie deuteten in Richtung des Materialraums.

Ich schaute hinein. Zwei Schwestern knieten neben ihr auf dem Boden und sprachen leise mit ihr. Eine hielt ihr eine Maske über Nase und Mund, die andere massierte ihren Rücken in langsamen Kreisen. Sie sahen auf, weil sie wissen wollten, ob ich der Doktor wäre – und als ich es nicht war, machten sie einfach weiter.

»Na, na, Kleines!«, gurrten sie.

Am Morgen, als sie zum Friedhof überführt wurde – dem Friedhof, auf dem Al Jolson begraben liegt –, schrieb ich mich für ein Seminar gegen Flugangst ein. »Was ist Ihre größte Angst?«, fragte die Kursleitung und ich antwortete: »Dass ich den Kurs abschließe und immer noch Angst habe.«

Ich schlafe mit einem Glas Wasser auf dem Nachttisch, damit mir seine Oberfläche zeigt, ob die ganze Küste bebt oder ob das Zittern immer noch nur ich bin.

Woran erinnere ich mich?

Ich erinnere mich nur an die nutzlosen Dinge, die ich höre: Dass Bob Dylans Mutter White-Out-Korrekturflüssigkeit erfand, dass 23 Menschen in einem Raum sein müssen, bevor die Chancen 50 zu 50 stehen, dass zwei von ihnen am selben Tag

Geburtstag haben. Und ob das stimmt? Wen interessiert das? In meinem Kopf hängen dicke Badetücher und saugen so etwas auf. Nichts anderes bleibt hängen.

Ich betrachte die Dinge, die später in der Nacherzählung von Bedeutung sein werden: ein Kuss durch OP-Gazebinden, die fahle Hand, die die Perücke zurechtrückt. Ich prägte mir diese Gesten ein, schon während sie passierten, nicht in der Rückschau... doch ich weiß nicht, warum der Rück-Blick uns mehr zeigen sollte als der Jetzt-Blick.

Es liegt gerade im Bereich des Möglichen, dass ich sagen werde, ich sei die Nacht über bei ihr geblieben.

Und wer ist da und könnte behaupten, dass ich es nicht tat?

Ich denke an die Schimpansin mit den sprechenden Händen.

Mitten in den Forschungsreihen kriegte sie ein Kind. Und stell dir vor, wie aufgeregt ihre Trainer gewesen sein müssen, als diese Mutter ohne Drängen von außen anfing, mit dem Neugeborenen in Zeichensprache zu sprechen.

Baby, trink Milch.

Baby, spiel Ball.

Und als das Baby starb, stand sie über dem Leichnam, bewegte die faltigen Hände mit der Anmut eines Tieres, gebärdete wieder und wieder die Worte: Baby, komm Umarmung, Baby, komm Umarmung – geübt nun in der Sprache der Trauer.

für Jessica Wolfson

46

ANF, ZUS, ZUN, WEI, WIE

Das Mohair war kratzig und Stria zu dick, aber der handgesponnene Tweed passte zu einer schmalen Statur. Ich kaufte schieferblaue, von pinken Punkten aufgehellte Knäuel und 10er-Nadeln für einen Sweater, warm, aber leicht. Das Muster, das ich aussuchte, war ein V-Neck in zwei Farbtönen und einem Extra-Sechsstich-Zopfmuster entlang der Vorderseite. Pullover ruinieren die Frisur; aber ich wagte mich beim ersten Versuch nicht gleich an Knopflöcher.

Das Strickbuch brachte mir bei, Maschen aufzunehmen. Beim ersten Teststück bekam ich Maß und korrekte Spannung hin. Fadenlauf und das Stricken auf links kamen wie von selbst. Als wären meine Finger bei der Geburt durch Spinnweben gerieben worden. Das Gleiten der Nadeln war so rhythmisch wie Wasser.

Nichts lag näher, als Stricken zu lernen. Verknäulte Fäden lösen, aufgelöste Enden zu etwas Greifbarem, Ganzem verknüpfen – diese *Flickarbeit* war so irritierend wie das Stoppschild, gegen das ein Bräutigam rammt, der auf dem Weg zu seiner Trauung ist. Denn Symptome sind nur das, was sie sind. So, wie die Frau, deren leere Hand sich nicht mehr schließt – weil sie nicht *fassen* kann, dass ihr Kind fort ist.

»Mädel – holst du mir bitte Dr Pepper? Und könntest Du die Klimaanlage hochdrehen?«

Ich legte mein Strickzeug ab, ging in die Küche. Ich fand eine zuckerfreie Dr Pepper, gab Eis dazu und brachte sie Dale Anne. Wir hatten August. Als sie ihr Niagara-Bett hoch fuhr, bauschte die Klimaanlage ihr Haar. Dr. Diamond bestand darauf, dass sie eines hatte, im letzten Monat. Sie mietete sich den schwenkbaren TV-Tisch und den Massage-Liegestuhl dazu. Die komplette verstellbare Niagara-Einrichtung.

Als der Winkel stimmte, schluckte sie Vitamin E und verrieb Öl, wo später Schwangerschaftsstreifen sein würden.

Ich hätte das alles auch tun können. Stattdessen hatte ich den Eingriff. Ich hatte ihn, nachdem der Vater fragte: »Bist du sicher?«; und zu seiner Ehrenrettung meinte er, ob ich es sicher *sei* – nicht, ob es sicher *von ihm* käme. Er sagte, er hätte vorher noch kein Mädchen geschwängert. Er sagte, wegen ihm sei nicht einmal ein Mädchen überfällig gewesen.

Ich zog bei Dale Anne ein, um ihr gegen Ende zu helfen. Ihr Mann ist oft fort; in einer Klinik oder einem Labor. Er untersucht das menschliche Bewusstsein. Er ist noch kein Doktor, aber wir nennen ihn so, zur Ermutigung.

Ich hatte gerade einen Strang Wolle im Schoß und wickelte ihn zu einem Knäuel, als die Klimaanlage röchelte und aufgab.

Dale Anne seufzte. »In diesem Morgenmantel gehe ich ein. Holst du mir das geblümte Top in der zweiten Schublade?«

Während ich suchte, verdrehte Dale Anne ihr Haar und presste es sich eng an den Kopf. Sie nahm eine meiner Fünfzehn-Zentimeter Stricknadeln mit zwei Spitzen und steckte sie in den Dutt. Ohne Haare, die ins Gesicht hingen, sah sie proper und sehr jung aus – »der Mensch, mit dem du am liebsten Zelten gehen würdest, wenn du keinen Sex haben dürftest« war ihre Umschreibung.

Als sie sich umzog, drehte ich mich weg. Sie war so zurückhaltend wie ich. Würde das Haus eines Nachts in Flammen stehen, wir würden uns abmühen, unter unseren Nachthemden Büstenhalter einzuhaken.

Ich ging zurück zu meinem Stuhl und in diesem Moment packte mich ein unglaublicher Krampf und ließ mich fast zu Boden gehen.

»Langsam, Mädel. Was ist los?« Dale Anne mühte sich vom Bett hoch, um alles zu sehen.

Ich sagte, dass das seit dem Eingriff hin und wieder vorkam und sie sagte: »Lass uns *darüber* bitte frühestens ins zehn Jahren reden.«

Darauf fiel mir keine Antwort ein. Aber ich brauchte auch keine. Die Eingangstür ging auf, früher als sonst. Es war Dr. Diamond, zu Hause aus der Welt der Spuke, Geister, Klapsmühlen und Ouija-Bretter. Ich wusste, dass Gleichgültigkeit gegenüber den Bedürfnissen anderer Menschen ein Warnzeichen für psychische Störungen war, also setzte ich mich ordentlich auf und sagte, nachdem er seine schwangere Frau geküsst hatte: »Sie sehen ja rosig aus, Dr. Diamond. Kann ich Ihnen was zu Trinken bringen?«

Ich kaufe meine Wolle im Wohngebiet. Der Name der Verkäuferin ist Ingrid. Sie ist eine große Frau aus Norwegen, die »Stricknadel« statt »Stricknadel« sagt. Sie trägt die Kleider, die sie dem Gruppenkurs zur Anschauung zeigt. Oft hängt die Weste, die sie an einem Tag trägt, am nächsten im Fenster.

Immer sitzen vier, fünf Frauen an Ingrids rundem Eichentisch und stricken ein Stück, durch das sie sich daheim alleine nicht wagen.

Ich gehe oft dorthin, wenn ich gar nichts brauche. Im kleinen Hinterzimmer mit Stapeln aus Schnittmusterheften blättere ich stundenlang. Ich überfliege die Schrittfolgen, abgekürzt wie die Anweisungen in einer Partitur: K10, sl 1, K2 tog, psso, sl 1, K10 bis Ende. Ich glaube, ich könnte diese Anleitungen *singen*. Es ist die Verdichtung von Sprache zu Code; und die Fähigkeit, ihn zu entziffern, macht dich zur Mitwisserin der Geheimnisse von Ingrid und den Frauen am runden Eichentisch.

Vorne erklärt Ingrid einer Kundin, dass sie früher 200 Maschen pro Minute geschafft hatte.

Ich blättere durch Kataloge aus Frankreich und England, merke mir die längeren Saumweiten. Bei jedem Besuch gibt es so viel zu lernen.

Mary hatte ein kleines Lamm, summe ich beim Rausgehen, *seine Füße waren – nein: sein Vlies war weiß wie Wolle.*

Dale Anne wollte ein Nickerchen machen, also gingen Dr. Diamond und ich Margaritas trinken. Im La Rondalla behaupten die bunten Lichter an der Marienstatue jeden Tag, es sei Weihnachten. Das Essen wird auf Gullideckeln serviert und Mariachi füllen den Tresen. Dr. Diamond sagte, in Guadalajara gäbe es ein Mariachi-College, das ganze Klassen von Mariachi-Musikern ausspuckt. Aber mir war klar, dass diese hier nicht einmal die Mariachi-High-School geschafft hatten.

Ich scheuchte die Liebesbarden weg, aber Dr. Diamond sagte, dass sie es doch gut meinten.

Er freut sich, wenn es Leute gut meinen. Er könnte der Präsident des Gutgemeint-Clubs sein. Er hat eine heitere, sonnige Vorstellung von Schicksal – seit er weiß, dass Freud an dem Tag starb, als er selbst zur Welt kam.

Er war nun einmal der Mensch, mit dem ich gerade reden konnte. Also erzählte ich von den Bauchschmerzen, die ich ohne jeden körperlichen Grund, der mir eingefallen wäre, hatte.

»Weißt du, was ich denke?«, fragte er. »Was ist es, das du nicht verdauen kannst?«

Ich wusste, wonach er fragte.

»Hast du schon überlegt, wie du dich fühlen wirst, wenn Dale Anne das Baby bekommen hat?«

Mit den Augen wob ich die Lamettafäden, die über der Heiligen Jungfrau hingen, zu Zöpfen. Das war das Großartige am Stricken, dachte ich – alles war Faser, und die Welt eine Welt aus Rohmaterial.

»Ich dachte, diese Brücke brenne ich ab, sobald ich vor ihr stehe«, sagte ich, und als er dazu gar nichts sagte. »Dann werde ich wohl denken, *das* ist eine Mutter, die ihres behält.«

»›*Eines* von ihren‹ trifft es besser«, sagte Dr. Diamond.

Ich kam zum Strickladen, als Ingrid das GESCHLOSSEN-Schild zu OFFEN drehte. Ich suchte Shetlandwolle für einen Fair-Isle-Sweater. Ich dachte, nichts könne meine volle Aufmerksamkeit besser fesseln als ein Muster aus uralten schottischen Symbolen und Reihen aus fein gestalteten Banderolen. Jede Masche in jeder Farbe steht in Verbindung mit denen, die sie umgeben.

Ich entschied mich für die Naturfarben der Shetland-Schafe: das kreidige Braun der Moorit, das schwärzliche Braun der Black Sheep, Rehbraun, Grau und Pink-Beige wie die Mischlinge aus den Moorit und den weißen. Ich hielt die Wolle an meine Nase, doch Ingrid sagte, es sei fünfzig Jahre her, dass die Frauen von Fair Isle das Garn mit Fischöl geschmälzt hatten.

Sie sagte, die Wolle stamme von Sheep Rock, der besten Weide auf Fair Isle. Das Gelände ist zehn Morgen groß und liegt 400 Fuß hoch über einer Klippe, fuhr Ingrid fort. »Man überlege sich, was man auf sich nimmt, um diese Wolle zu sammeln.«

Ich war bereit, mich diesem Garn verpflichtet zu fühlen und den zähen Schotten, die es lieferten. Hier gab es ein Erbe für mich, das ich mit meinen Händen am Leben halten konnte.

Dale Ann drückte Kapern in einen Haufen rohen Rindfleischs und verstrich etwas davon auf Toast. Das war kein hübscher Anblick. Sie bot mir etwas an. Auf keinen Fall, sagte ich: Auch Johnny Carson würde das nicht in seine Nähe lassen. »Johnny sagt, er isst kein Tatar, weil er schon gesehen hat, wie Fälle in schlimmerer Verfassung wieder gesund wurden.« »Johnny war nie schwanger«, sagte Dale Anne.

Als die Wehen einsetzten, hinterließ ich Nachrichten im Krankenhaus und im Labor von Dr. Diamond. Ich drehte die Klimaanlage ab und rief ein Taxi.

»Schau dich nur an«, sagte Dale Anne.

Ich sagte ihr, so sei ich eben: In Panik werde ich ganz ruhig und rational.

Das Taxi kam binnen Minuten.

»Festhalten«, sagte der Fahrer. »Ich kenne jede Delle in den Straßen hier – und ich habs nie geschafft, auch nur einer auszuweichen.«

Dale Anne versuchte, mein Handgelenk zu drücken, aber der Griff war ohne Gewicht, lose wie nasse Seide.

»Wenn das vorbei ist…«, sagte sie.

Als das Baby geboren war, kam ich nicht weit. Ich zog zur Untermiete in eine Wohnung ans andere Ende der Stadt. Ich füllte sie mit Mustern und Nadeln und Garn. Das machte ich tagsüber. An einem guten Tag schaffte ich eine Vorderseite und zwei Ärmel. An einem schlechten Tag riss ich alle Maschen wieder auf, vom Kragen bis hinunter zum Saum. Zur Abwechslung machte ich Strümpfe. Die besten, die ich machte, hatten Bierkrüge an der Seite und über das Bündchen schäumte weißer Angora-Schaum.

Ich arbeitete nicht gerne mit Geräuschen um mich, nicht einmal mit dem Surren eines Ventilators. Musik hielt mich nur auf – und es gab viel zu tun. Ich plante, mir einen Briefkasten und ein Auto zu stricken, vielleicht sogar einen Hund und eine Leine, um mit ihm spazieren zu gehen.

Ich spannte und dämpfte die fertigen Teile, legte sie zusammen und in Schubladen.

Dr. Diamond drängte mich, Sport zu treiben. Er rief von Zeit zu Zeit an, schaute vorbei. Er sagte, Übungen würden mir den Kopf gerade rücken – und wieso nicht ein wenig Spaß haben dabei? Warum zum Beispiel keine Jazztanzgruppe?

Ich sagte ihm, mir wäre das peinlich, weil die anderen Teilnehmer es schon richtig können würden. Bei all dem Stricken hätte ich zum Tanzen auch keine Zeit.

Dale Anne kam nicht vorbei. Sie hatte dafür einen ziemlich guten Grund.

Am Tag, als ich sie im Krankenhaus besuchte, ging ich zuerst zur Neugeborenenstation. Ich sah das Baby dort liegen, mit dem Gesicht nach unten. Er trug einen Strampler aus gelbem Flanell, mit Enten bedruckt. Ich sah, dass er da war. Und dann ging ich direkt nach Hause.

In dieser Nacht begannen die Träume. Eine riesige Eidechse fraß Menschen von den Füßen aufwärts, die Socken mit Argyle-Muster mit einem Biss, um dann langsam in den Nebel des Vergessens zu driften – wie eine Mahnwache für vergessene Tode. Ich wachte auf, erinnerte mich und nahm, wie ein Chamäleon, jede Schattierung von Schuld an.

Nachts, als ich schlief, besuchte ich einen eleganten Ball. In der Mitte des Saals stand ein riesiges Aquarium. Hunderte

Goldfische schwammen darin. Auf Zeichen des Kapellmeisters wurde es gekippt. So lange, bis Leute versuchten, auf den Fischen zu tanzen, zappelte der ganze Boden in golden strudelnder Pracht.

Dr. Diamond erzählte eine Geschichte über die junge Tochter eines Freundes. Das Mädchen fand einen Frosch auf dem Rasen. Der Frosch schien tot, also erlaubten die Eltern, ein Grab auszuheben; ein kleines Loch, gesäumt von Kieseln. Doch in dem Moment, als er ins Grab gelassen wurde, trat der Frosch, der nur erstarrt war, mit den Beinen und kam wieder zur Bewusstsein. »Tötet ihn!«, hatte das Mädchen gebrüllt.

Ich begann, im Park Spaziergänge zu machen. Dort sah ich, wie ein Hund versuchte, seinen eigenen Schatten zu fressen und ein anderer Hund – ich bin mir sicher – wollte eine Gruppe Ulmen zusammentreiben wie Schafe. Ich hörte auf, Leuten zu sagen, wie hübsch ihr Hund sei; zu oft sagten sie nur: »Wollen Sie ihn haben?«

Als das Wetter schöner wurde, blieb ich daheim, um stundenlang zu sitzen.

Ich hatte Unfälle. Dann hatte ich größere Unfälle. Egal, welche Stelle ich mir verletzte – es war nie die Stelle, die weh tat. Die Träume kamen immer wieder; bis sie dazu gehörten. Ich wünschte mir, die Dinge würden außer Sichtweite bleiben – wie in Gebirgsseen. In einem, den ich kenne, ist das Wasser so kalt, dass sich keine Faulgase bilden können, die eine Leiche an die Oberfläche treiben. Obwohl man nicht über den Boden dieses Sees nachdenken will, kann man ihm doch eine Sache zugute halten: Die Toten bleiben unten.

Zu etwa dieser Zeit sprach ich mit Dr. Diamond.

Was er mir klar zu machen versuchte, war Folgendes: Schwanger zu werden ist etwas anderes, als nur eine Straße überqueren zu wollen und dabei von einem Auto erfasst zu werden. Egal, wie schlecht das Timing sein mag, sagte er, Empfängnis bestärke, *bejahe* das Leben.

»Hier musst du mir einfach glauben«, sagte er. »Erkennst du das als Wahrheit? Verstehst du so viel über dich selbst?«

»Das tue ich und das tue ich nicht«, sagte ich.

»Das tust du und das *tust* du«, sagte er.

Ich musste an einen anderen Doktor denken, über den in den Nachrichten berichtet worden war: Ein kleiner, zurückgebliebener Junge hatte die Pistole seines Vaters gefunden und während die Familie schlief, erschoss er jeden von ihnen im Bett. Die Polizei fragte ihn, was er denn getan hätte. Der Junge schwieg. Sagte ihnen nichts. Sie riefen den Doktor an.

»Wir wissen, dass *du* es nicht getan hast«, sagte der Doktor, »aber sag mir, hat es die *Pistole* getan?«

Und ja, der Junge war sofort bereit, zu erzählen, was die Waffe getan hatte.

Ich wollte den selben Ausweg – und Dr. Diamond wollte ihn mir nicht lassen.

»Dr. Diamond«, sagte ich, »ich gebe auf.«

»Jetzt bist du bereit, um zu beginnen«, sagte er.

Ich dachte an Anden-Alpaka. Das wollte ich als nächstes verarbeiten: Wie sich das Garn anfühlt, ist nicht das einzig Wunderbare daran. Ein Grund ist auch der Name: Alpaquita Superfina.

Dr. Diamond hatte Recht. Ich war bereit, anzufangen.

Anf, Zus, Zun, Wei, Wie.

Anfangen, Zusammenschieben, Zunehmen, Weitermachen, Wiederholen.

Dr. Diamond kam zur Tür. Er sagte, Dale Anne sei kurz einkaufen gegangen. Er selbst war auch im Aufbruch. Er flog zu einer Konferenz drüben im Osten. Das Baby schlief, sagte er, ich solle alles tun, um mich daheim zu fühlen.

Ich ließ meinen Beutel mit den Stricksachen im Flur und ging in Dale Annes Küche. Ein Jahr war um. Ich hätte nach dem Baby sehen können. Stattdessen wusch ich Teller ab, die in der Spüle einweichten. Der Scheuerschwamm war Drahtwolle, die auf Stricknadeln wartete.

Die Küche war voll von besonderen Küchenhelfern. Fand Dale Anne keinen Schlaf, dann sah sie fern, und dort wurde dieses Zeug beworben. Sie hatte ein Ding, um den Stielansatz aus Tomaten zu schneiden – es hieß Tomato Shark – und ein metallenes Spaghetti-Rad, um Spaghetti zu portionieren. Sie hatte Melonen-Kugelausstecher aus Plastik und ein schachtförmiges Gerät, um aus normalem Kuchenboden Biscuitschnitten zu stanzen.

Im Kühlschrank fand ich Pasta Primavera. Meine Finger wollten die kalten Linguini flechten, ein sauberes Zopfgitter über die öligen roten Paprika und Bohnen legen.

Dale Anne öffnete die Tür.

»*Pass* auf, Mädel«, sagte sie und ließ eine Einkaufstüte auf die Arbeitsfläche fallen.

Ich sah zu, wie sie Eiscreme, Chips, Erfrischungsgetränke und Kuchen auspackte.

»Es ist lange her, dass ich in einen Markt gegangen und mich selbst verwirklicht habe«, sagte sie.

Sie drehte sich, um mir einen 10er-Karton Zigarettenpackungen zuzuwerfen.

»Warte im Schlafzimmer auf mich. *West Side Story* läuft.«

Ich ging rüber, sah zum Farbfernseher. Ich hörte den Mixer in der Küche Eis zerkleinern. Ich stellte den Kontrast ein und Dale

Anne brachte mir einen riesigen Pfirsich-Daiquiri. Das gottverdammte Ding war groß genug für eine eigene Gezeitenfolge.

Dale Anne ging raus und kam mit Hähnchenteilen zurück. Sie kippte den ganzen Beutel auf einen Teller und nahm sich einen Schlegel und einen Flügel. »Ich will mein Abendessen aus einem Beutel und mein Leben in einer Kiste«, sagte sie und nickte zum Fernseher.

Wir sahen das Ende des Films, dann Teile einer faden Krimireihe. Dale Anne sagte, die Serie sei so mies, sie stünde bei Nielsen im Minus und schulde der Quotenmessung Zuschauer.

»Dreiundzwanzig Uhr dreißig«, las sie, »*Das Texas-Schleudertrauma-Massaker*: Ihre Waffen waren Stoppschilder, die niemand kommen sah.«

»Gibs mir!«, sagte ich.

Es soll noch einen Kometen geben, sagte sie. Wir könnten ihn wohl vom Wohnzimmer aus sehen. Um sicher zu sein, schoben wir die Couch ganz nah ans Fenster. Sobald die Lichter aus waren, sahen wir alles – ohne, dass es uns sah. Obwohl wir beide aufgehört hatten, rauchten wir an unseren jeweiligen Enden der Couch. »Halte mir den Platz frei«, sagte Dale Anne.

Sie hielt das Baby, als sie zurück kam. Ich schaute auf das schlafende Kind und dachte Gottchen, Jesses, Achduje. Als sei ich 50 Jahre gealtert. Für einen einzigen Moment wollte ich nichts von dem, was ich hatte – und alles, was ich nicht hatte.

»Er hat heute seinen ersten Witz erzählt«, sagte Dale Anne.

»Was meinst du: Er macht Witze? Ich wusste nicht, dass sie reden.«

»Na ja. Er hat den Witz nicht richtig *erzählt*. Er hat sich seinen Orangensaft über den Kopf geschüttet und als ich mit dem Lappen kam, sagte er: ‚Geregnet?‘«

»‚Geregnet?‘ Das sagte er? Das Kind ist ein Genie. Was ihm Art Linkletter für Sprüche entlocken könnte!«, antwortete ich.

Dale Anne legte ihn auf der Mitte der Couch ab und wir beobachteten ihn oder den Himmel.

»Was für ein Schwindel«, sagte sie bei Morgengrauen.

Kein Komet war gekommen. Aber ich fühlte mich nicht betrogen. Ich fühlte mich nicht einmal müde. Sie brachte mich zur Tür.

Der Strickbeutel war noch im Flur.

»Mach ihn später auf«, sagte ich. »Das ist ein Pullover für ihn.« Aber Dale Anne musste ihn gleich sehen.

Sie sagte, der blaue passe zu seinen Augen und der kamelbraune zu seinem Haar. Der rote würde ihn zum Strahlen bringen, sagte sie, und dann sagte sie: »Hilf mir dabei.«

Zopfmuster waren zu leicht geworden. Drei weitere Pullover hatten Bildmotive eingestrickt. Sie waren vorn mit Knöpfen zu schließen. Dale Anne hielt einen Aufmarsch gelber Enten hoch.

Auch die Fair Isles-Wolle war da – eine in einem Muster namens »Baum des Lebens«, eine andere in einem »Herzen«-Strickmuster. Da lag ein Unzahl an Pullovern – eine Art Vorsichtsmaßnahme, eine Übung gegen Schicksalsschläge.

Dale Anne schaute auf die beiden letzten Pullover im Beutel.

»Bist du wirklich in Ordnung?«, fragte sie.

Das Schlimmste ist jetzt vorbei – und ich kann nicht behaupten, ich sei erleichtert. Du verlierst dieses Gefühl von Verlust – und das ist schon der nächste Verlust. Doch der Körper strebt in Richtung Gesundheit. Auch der Geist – in Etappen. Frag eine Mutter, die ein Kind verloren hat, wie viele Kinder sie hat. »Vier«, wird sie sagen, »…drei.« und Jahre später wird sie »drei«, sagen, »…vier.«

Mir helfen kleine Schritte. Wetter, Frühstück und im Rhythmus der Ampeln über Straßen zu gehen. Manchmal ist Schlaf das einzige Vergnügen, das ich ertrage. Und dabei zu wissen, dass drüben, auf einem Ständer im Badezimmer, feuchte Wolle zum Trocknen hängt.

Dale Anne meint, sie würde gerne Stricken lernen. Sie misst die Wiege des Babys aus und wir fahren zu Ingrid. Ingrid bugsiert sie von den Pastellsachen für Babys weg, obwohl sie alle maschinenwaschbar wären. Nimm reine Schurwolle, sagt sie. Nimm Wolle in erwachsenen Tönen. Und gib mit deinen Fortschritten nicht an. Sonst strickst du bald für die ganze Nachbarschaft.

Auf Fair Isle stricken nur noch fünf Frauen. Auf der Insel wachsen nicht mehr genügend Flechten, um die Wolle einzufärben. Doch Strickmaschinen können die Motive nicht herstellen. Also machen diese Frauen weiter, verarbeiten die ungefärbten Fellfarbtöne der Schafe.

Im Zimmer mit den Musterbögen warte ich auf Dale Anne. Die Lieder in diesen Bögen sind wie Wiegenlieder für mich.

D üb Mas zus str. Die übrigen Maschen zusammenstricken. Locker abketten.

AUFBRECHEN

Heute Morgen ist ein Druckfehler im Krankenhaus-Speiseplan. Ich glaube, sie meinen, dass zum Abendessen Rinderhack mit gebutterten Nudeln serviert wird. Auf dem Frühstückstablett lese ich: *Rinder hackt gebutterte Nudeln.*

Das ist kein Bild, das du im Kopf haben möchtest, wenn du dein Auto mit 60 Sachen zweimal überschlagen hast und dann auf der Seite in einem Graben liegst.

Ich wurde von keinem Highway-Abschnitt geschleudert, den sie »blutige Strecke« nennen oder »Krankenhauskurve«. Auf gerader, trockener Straße verlor ich die Kontrolle, ohne andere Autos in Sicht.

Warum? Ich sehe in der Wüste beim Fahren gern durch Ferngläser. Ich mag, wie Dinge dann zwei Sachen zugleich sind. Alles ist weit weg und ganz nah bei dir – während du bleibst, wo du bist.

Auch dann im Graben waren die Dinge beides gleichzeitig. Die Luft war unglaublich heiß und meine Haut unglaublich kalt.

»Junge«, sagte der Doktor, »du solltest gar nicht mehr leben.«

Der Aufprall boxte mir zwei Tage aus dem Gedächtnis. Aber alles, was man von außen sieht, ist ein Schnitt am Kinn. Das Auto hat einen Totalschaden, und ich habe 20 Stiche, die beim Rasieren stören.

Gut auch, dass sonst nichts war. Das Krankenhausdings hier, diese Klinik ist nicht von den Barmherzigen Schwestern. OP-Besteck kommt nicht vom Erste-Hilfe-Set, sondern aus dem Werkzeugkasten. Das liegt an der Wüste. Die Zimmerwände sind nicht beige-rosé oder kläranlagengrün – sie haben die Farbe alter Schokolade, kreidig angelaufen.

Und da ist ein Geruch nach Wurm.

Obwohl ich mich da irren könnte. Meine Nase hat oft Halluzinationen. Als das Haus meiner Eltern bis auf die Grundmauern niederbrannte, roch ich den Rauch drei Bundesstaaten weiter.

Jetzt rieche ich Würmer.

Der Doktor hat mich unter Beobachtung, weil ich mir den Kopf gestoßen habe. Deshalb verpasse ich ein paar Tage Unterricht. Das ist in Ordnung. Ich denke, dass 99 Prozent von allem, was jeder tut, genauso gut verschoben werden kann. Der Unfall jedenfalls war für mich eine Möglichkeit zu lernen.

Du weißt schon, Lernen durch Schmerz.

Eine der Schwestern knüpfte da an. Sie beugte sich übers Bett und pflückte mir kieselsteingroße Stücke Sicherheitsglas aus dem Haar. »Was lernen wir daraus?« fragte sie.

Es war wie diese Stunde, wenn dein Lehrer den *Moment der Erkenntnis* erklärt und wie euch beim Blick auf was Alltägliches etwas Großes klar werden kann. Sein Beispiel – und dieser Lügner sagte, es sei echt passiert, dass ihm beim Orangensafttrinken klar wurde, dass er eines Tages tot sein würde.

Er war gespannt, ob wir wohl ähnliche »Erkenntnisse« hatten.

Ist das ein Witz?, überlegte ich.

Einmal löste ich einen Lohnscheck ein und *erkannte*, dass ich zu wenig verdiente.

Einmal hatte ich eine Lebensmittelvergiftung und *erkannte*, dass ich in meinem Körper gefangen war.

Was mich jetzt interessiert, ist die Sache mit der Erinnerung. Warum zwei *Tage*? Warum *zwei* Tage? Das letzte, was ich weiß, ist, dass niemand in einer mit zwei ausgestopften Haifischen dekorierten Bar an den Bonneville Salt Flats meinen Führerschein sehen wollte. Der Bartender gab mir Tequila und ließ die Flasche draußen. Er fragte, wohin ich aufgebrochen sei und ich sagte, ich sei eben aufgebrochen, sonst nichts. Dann holte er ein Einmachglas mit einem Skorpion. Er zeigte mir, dass einem Skorpion ein Tropfen Tequila auf dem Schwanz genügt, damit er sich selbst totsticht.

Und dann?

Vielleicht kommen diese Tage noch einmal wieder. Vielleicht nicht. Wie wäre es in der Zwischenzeit mit Folgendem: Ich kann mich nicht einmal erinnern, *was* ich vergessen habe.

Aber ich erinnere mich an den Unfall. Ich weiß, dass er wie durch das Fernglas geschah. Du weißt schon – auf zwei Arten gleichzeitig? Er war schnell und er war langsam. Er war beides.

Das Rinderhack war okay. Ich aß es restlos auf. Ich aß das grüne Gemüse und auch das Zitrusgemüse.

Jetzt warte ich auf die Nachtschwester. Um diese Zeit misst sie immer meinen Blutdruck. Man könnte das den Höhepunkt meines Tages nennen. Das liegt daran, dass jede andere Frau neben dieser Nachtschwester aussieht, als hätte sie eine Geschlechtsangleichung gehabt. Leider hat die Nachtschwester sich dem HERRN versprochen.

Aber sie ist trotzdem prima, diese Schwester. Kann ich nicht schlafen, bringt sie mir das Telefonbuch. Sie sitzt bei mir am Bett und wir suchen witzige Namen: Calliope Ziss und Maurice Pancake leben hier in der Gemeinde.

Ich mag es, nachts eine Frau im Zimmer zu haben.

Die Nachtschwester riecht wie eine Weihnachtskerze.

Geht sie, bleibt der Raum kurz, als wäre sie noch da. Sie ist nicht da, aber die Idee von ihr ist da.

Das ist nicht dasselbe. Aber ich denke dann an die Nacht, als meine Mutter starb. In meinem Zimmer drei Bundesstaaten entfernt hing der Geruch des Puders auf ihrem Gesicht, wenn sie mir meinen Gutenachtkuss gab – in der Nacht, als sie ging.

POOL NIGHT

Diesmal ist es durch Feuer passiert. Genauso, wie es schon einmal passierte, mit Wasser. Jemand verlor alles – ans Wasser, ans Feuer – und tat nichts, um es aufzuhalten.

Vielleicht verlor ich gar nicht alles. Aber ich gab mir keine Mühe, es zu retten. Das machte es dem ersten Mal so ähnlich. Sie mussten mich aus dem Haus führen – und nicht, weil ich in all dem Rauch den Weg nicht fand.

Das erste Mal sagte keiner etwas. Wir redeten über alles, mit dieser Ausnahme. Es war 28 Jahre her, dass der Fluss das letzte Mal sein Ufer übertreten hatte. Viel Zeit, seitdem die Flut das Trinkwasserbecken verdorben und die Häuser der Menschen fortgespült hatte.

Wir schauten zu, wie das Wasser stieg. Spät in der Nacht sah unsere Nachbarschaft von den Terrassen aus der Flut beim Schwellen zu. Ein Lichtblitz wie aus einem Stroboskop zuckte jedes Mal, wenn die vom Wasser mitgerissenen Trümmer einen Hochspannungsmast umknickten. Sobald die Leitungen das Wasser berührten, wurde das Viertel der Stadt um sie herum dunkel. Das war es, was wir uns ansahen: Wie die Stadt dunkel wurde, dem Lauf des Wassers folgend.

Uns sollte es nicht erreichen.

Und dann erreichte es uns.

Die Evakuierung lief ruhig und schnell, bis auf Dr. Winston. Dr. Winston trank den Großteil seiner Hausbar aus und starrte die Freiwilligen vom Roten Kreuz an, die ihren Transporter parkten, und ins Haus gingen, um ihn nach draußen zu tragen.

Die meisten von uns sahen, was geschah. Doch in den Tagen, als wir Flutschäden beseitigten, wurde es von niemandem erwähnt. Wir sprachen über die Rennpferde, die unten aus der Centennial Track auf den Rasenflächen galoppierten und über die halb vergrabenen Sprühköpfe der Sprinkleranlagen stürzten. In Badezimmern quollen nasse Rollen Klopapier auf Wandstangen. Wir fanden Briefe, und Wasser hatte die Tinte abgewaschen.

Wir sprachen über Bunny Winston, die gleich am Morgen danach eine neue Wohnzimmergarnitur bestellt hatte: Sie sagte, sie sei glücklich, dass ihre Lehnsessel jetzt Geschichte wären, die gepolsterten Armlehnen bis zur Baumwollfüllung von Katzen aufgekratzt.

»Du öffnest dich – oder du machst dicht«, sagte Bunny und ging zum Friseur, um sich die Haare neu legen zu lassen.

Fernsehteams machten Aufnahmen des Schwimmteams im Club. Sie standen in einer Reihe am Imbisstresen und warteten auf ihre Tetanusimpfung, damit sie Schlamm schaufeln konnten. Bunny schaffte es in die Abendnachrichten. Die Vidifont-Banderole schrieb OPFER über ihre Brust.

Sie zeigten Bunny auf einem Baum, wo sie einen Zweig mit Frotteetüchern umwickelte, damit das nasse, verbogene Holz nicht mehr gegen das Hausdach schlug.

Dieses erste Mal war vor 15 Jahren, am Tag unserer Pool Night – oder jedenfalls: an dem Tag, an dem unsere Pool Night hätte sein sollen.

»Der Mund macht den Unterschied«, sagte Grey und führte es mir wieder und wieder vor. Er sagte: »Wenn sich der Mund entspannt, sieht die Person gut aus.«

Wir schauten Fotos von uns selbst und meiner Familie durch. Es war die Idee meiner Mutter gewesen – meiner aufmerksamen, bedachten Mutter. Folgendes dachte sich meine Mutter, als sie hörte, dass Bunny Winton ihr Fotoalbum verloren hatte: Sie ließ mich *unseres* durchsehen. Grey kam herüber, um zu helfen – auf ihre Einladung hin natürlich.

Grey war der Sohn von Bunny und dem Doktor, das Kind, dem sie jetzt nicht mehr auf Fotos beim Aufwachsen zusehen konnten, Seite für Seite. Bis meiner Mutter einfiel, dass er auch in unserem Album aufwuchs: Wir würden jedes Foto, auf dem auch Grey zu sehen war, herausnehmen, einen neuen Abzug machen lassen und seinen dankbaren Eltern als Album präsentieren.

Grey war ein Junior-Rettungsschwimmer im Freibad. Er bräunte sich, bis er die Farbe der Cornflakes hatte, die er jeden Morgen aß und ich kannte Mädchen, die seine Kaugummis mit nach Hause nahmen.

Grey war der einzige Junge, der von den Räumarbeiten freigestellt war. Das war die Woche, als er unter Beobachtung stand.

Er und mein Bruder waren Aquazaniacs.

Sie trainierten mit einem Coach, um Slapstick-Akrobatik von den Sprungtürmen im Freibad zu machen. Es gab sechs Aquazaniacs in gestreiften Badeanzügen wie von 1890, die sich krampfig-ungelenk ins Wasser warfen. Grey stand oft auf der Schulter meines Bruders, und zusammen sprangen sie als 3-Meter-60-Mann.

Als Sport setzt Clowntauchen auf überraschende Reinfälle, und eine beliebte Nummer ist der Umlauf-Fallrückzieher. Man rennt dabei zum Ende des Sprungbretts und dann weiter hinaus bis in die Luft, wie in einem Cartoon: so schnell, dass man sich im Rennen nach hinten überschlägt.

»Wir machen uns die Schwerkraft untertan«, erklärten sie.

Doch während den Proben bekam Grey kalte Füße. Er schlug

im Fallen seinen Kopf ans Brett. Dieser Unfall hätte verhindert, dass er zur Pool Night hätte auftreten können – hätten wir eine Pool Night gehabt. Doch als sie nach der Flut verschoben wurde, blieb ihm noch Zeit, an seinem perfekten Feuer-Sprung zu feilen.

Im Album gab es Fotos von Grey im Wasser. Zuerst in unserer Badewanne, wo er als Baby mit meinem Bruder Sturmflut spielte. Später stocherten sie ein Floß über einen See, stießen mit dem Ruder nach Schnappschildkröten. Da ist ein Foto von uns dreien auf Schlittschuhen auf dem Eis: Um meinen Hals trage ich Schneebälle aus Kaninchenfell über schwarzem Kordsamt. Die nächsten Bilder zeigen die Jungs, wie sie von hinten an den Schneebällen ziehen, die Samtkordel gespannt – eine Garrotte.

Ein paar der Fotos waren Polaroids. Sie waren verblichen, doch die Schatten der Motive blieben. Auf anderen verfärbte sich die Emulsion metallisch-bronzefarben. Die Schnappschüsse waren dick angelaufen, wie ein Spiegel.

Es gab auch gar nicht wenige Fotos von Bunny. Mit dem den nicht-fotogenen Menschen eigenen Eifer, sich in Pose zu werfen, erhöhte sie ihre Chance auf die *eine* gute Aufnahme, die sie zur Ruhe kommen ließe, weil sie dann endlich hätte beweisen können, dass *auch sie* früher gut ausgesehen hatte – dieses eine Mal.

Der Doktor schaffte es nicht zu Picknicks oder zum Eislaufen und deshalb auch nicht auf die Fotos: *Was ich verliere, bleibt für immer verloren*, so schien nach der Flut für ihn die Lehre, die aus den Bildern sprach.

»Sein Problem ist die Vergangenheit«, sagte Grey über seinen Vater. »Er sagt, man soll nur Sachen machen, die man schon einmal getan hat und mochte. Bei mir aber, glaube ich, *kommt* das, wonach ich Ausschau halte, erst jetzt.«

Für mich war die Gegenwart die sichere Bank. Wir können

nur in der Zukunft sterben, dachte ich – im Jetzt sind wir immer lebendig.

Grey traute Wasser. Er traute ihm auch nach der Überschwemmung. Er glaubte, es würde ihn retten und darauf zählte er für den Feuer-Sprung.

Einmal sah ich ihm dabei zu.

Er machte ihn auch nur dieses eine Mal.

Als das Becken filtriert und neu gechlort war, trug er einen Kanister Benzin zum Sprungturm. Er trug ein Sweatshirt mit Kapuze und eine passende Jogginghose. Er sprang voll angezogen ins Becken und zog sich an der Leiter am Rand heraus. Es war Nacht, ich hielt meine Kamera bereit.

Er schüttete Benzin über seine nassen Kleider, als wollte er Pflanzen gießen. Er sagte, nasser Stoff würde das Benzin von seiner Haut abhalten.

Er hatte gesagt, ich solle mir Folgendes vorstellen: Dass in dem Moment, in dem er brennend aufs Wasser treffen würde, bei diesem Tauchsprung auf der nächsten Pool Night, eine Kanone feuern würde!

Dann schnippte er an einem Feuerzeug und zündete sich richtig an.

Ich habe alles auf Fotopapier – die menschliche Fackel, die flammende, verdrehte Spirale, die er in die Luft schrieb, das Zischen von zurückgewonnenem Leben, als ihn das Wasser aufnahm.

Es dauerte nur Sekunden. Es schien ein höchst übertriebenes Risiko zu sein. Das bleibt mein Standpunkt.

Er sagte: »Ich brachte diese Sekunden zum Leben.«

Ich machte noch eine weitere Aufnahme in dieser Nacht. Das war, nachdem Grey mich nach Hause gebracht hatte. Er fand eine Schachtel Foto-Ecken, die schwarzen, selbstklebenden, die einen Rahmen um das Bild bilden. Er öffnete unser Album und brachte vier von ihnen in Position.

Es war *Grey*, der das Bild machte. Es war ein Bild von mir. Es war spontan, ich nahm keine Pose ein – und er nahm die Polaroidkamera. Als das leere Quadrat Filmpapier aus der Kamera kam, zog Grey es heraus und setzte es in die Ecken auf der Seite, und dann klappte er den Einband des Albums zu, bevor sich das Motiv entwickeln konnte.

Das Bild ist etwas, das ich im Feuer verlor.

Zu dem, was Rauch mit Menschen macht, gehört eine tiefere Stimme. Ich klang nicht wie ich selbst, als ich den Feuerwehrleuten dankte. Ich sagte danke, doch ich fühlte mich nicht dankbar. Ich stand am Rand, atmete die teerige Luft. Ich sah mir selbst dabei zu, wie ich alles verlor, und ich verstand, warum Dr. Winton in seinem Haus geblieben war.

Ich weiß jetzt Bescheid.

Ich weiß, dass ein Zuhause brennt, und dass du darüber nachdenken solltest, was du rettest – schon ehe es geschieht. Nicht, weil dir in der Hitze des Gefechts alles so wertvoll scheint wie alles andere. Sondern, weil nichts aussieht, als wäre es der Mühe wert, nicht mal dein Leben.

DREI PÄPSTE KOMMEN IN EINE BAR

Der Sydney Lawton Square ist ein Park für Bevölkerung in Bewegung; es gibt keine Bänke. Man läuft binnen Minuten alles ab. Der Architekt der Gateway-Apartments presste ihn zwischen Grillstätte und Parkhaus. Um diesen »Park« würdest du dieselben Anführungsstriche setzen wie um »Ordnung«, wenn du dem »Ordungs-Amt« Geld schickst, um einen Strafzettel zu begleichen. Doch dieser dürftige Versuch von Natur liegt in Fußweite des Clubs – also treffe ich Wesley dort, am Brunnen der Vier Jahreszeiten.

Im Brunnen liegen tote Regenwürmer statt Münzen; und sie sind zwischen den Dosenringen, Kippen und Blättern in der Überzahl. Am Nordeingang steht ein verwitterter Backsteinbogen mit einer bronzeartigen Plakette: HISTORISCHE STÄTTE. Alles wurde so ausgerichtet, als ob hier früher einmal irgend etwas war. Doch nichts verrät einem, was.

Wesley ruft »Ahoi!«, damit ich weiß, dass er sich jetzt entschieden hat.

»Denkst du, es ist ein Verbrechen, sich nochmal anders zu entscheiden? Nur, weil du etwas tun kannst, heißt das nicht, dass du es unbedingt *solltest* – oder? Ich könnte, aber ich will nicht«, sagt er, während wir den asphaltierten Fußweg entlanggehen.

Er meint die Auftritte. Er ist noch immer witzig – und er will aufhören.

»Ich könnte weiter machen. Und weißt du, was der Lohn wäre? Zehn Prozent Leberfunktion und ein Kapitalverbrechen in meinem Bett.«

»Ich denke, das Timing zählt«, sage ich. »Solange du das als erstes probierst, was dir am liebsten und wichtigsten ist.«

Drei Päpste kommen in eine Bar.
Ein Mann in der Clipper-Lounge am Flughafen erkannte Wesley und wettete mit ihm, dass ihm zu diesem Satz keine Pointe einfallen würde: *Drei Päpste kommen in eine Bar.* Sie waren beide auf einen Flug nach Honolulu gebucht, und die fünf Stunden bis San Francisco hatte Wesley Zeit, einen passenden Witz zu finden. Er verlor Geld – ich fragte ihn nicht, wieviel. Kommt er von einer Tournee zurück, ist er krank von den fremden Erregern. Wir trafen uns am Gate. Ich fuhr ihn direkt in den Club. Normalerweise tat das immer Eve, doch jetzt hatte sie es an mich übertragen. Eve Grant ist Wesley Grants zukünftige Exfrau.

»Eve hat dem Hotel telegrafiert. Sie kommt heute Abend. Aber sie wird nicht lachen.«

»Du wirst ihr Nicht-Lachen zwischen den 600 anderen Gästen nicht hören«, sagte ich. »Du bist ausverkauft.«

»Aber ich merke es immer. Du *weißt* das. Sie will, dass ich ein Boot kaufe. Natürlich erst, sobald ich nicht mehr auftrete.«

»Was schert sie das? Sie verlässt dich.«

»Oder auch nicht«, sagte er. »Vielleicht verlässt sie mich nicht, wenn ich das Boot kaufe.«

»Was dich ja gar kein bisschen unter Druck setzt.«

»Rede du mit ihr, heute Abend.«

Über Eve Grant sagte Wesley, er habe die schönste Frau, die er je gesehen hatte, geheiratet... und gelernt, dass Schönheit nichts bedeutet. Er traf sie in einem Club. Dort tanzte sie oben ohne und sagte ihm, Wesley sei der Name des ersten Affen im All. Sie sagte ihm, die NASA hätte diesen Wesley verheizt und dann ins Tierheim abgeschoben, um ihn einschläfern zu lassen. Eine Gruppe von Frauen entführte ihn und brachte ihn in den Zoo, wo er sein Leben in Frieden beschließen konnte.

Wesley wusste, dass der Name des Affen Steve war – aber hielt es für süß, dass sie ihn anders nannte.

Von ihm ermutigt stellte Eve das Tanzen ein und wollte Journalistin werden. Sie dachte, sie sei ein Naturtalent, weil Menschen immer mit ihr reden wollten. Sie schickte auf gut Glück einen fertigen Artikel an die Sonntagszeitung. Sechs Wochen später kam er zurück. Wesley fragte den Redakteur, was daran falsch war: War er nicht langweilig genug? Dann löste er einen alten Gefallen bei einem Zeitungsverleger ein und verschaffte Eve einen Job bei einem Magazin für Fans; eine monatliche Kolumne über verschwundene TV-Darsteller. Sie hieß »Wo sind sie jetzt?«, aber wir nannten sie »Warum sind sie nicht tot?«.

Wesley winkte der Kellnerin und gab eine Sonderbestellung auf. Gleich darauf brachte sie eine Schale eingelegter Pfirsichhälften. Wesley zog eine Flasche Romilar-Hustenstiller aus dem Jackett und schüttete den größten Teil hinein.

»Ich bewundere dich wirklich. Ich könnte nicht da raus gehen und Leute zum Lachen bringen, wenn ich krank wäre.«

»Sei nicht dumm«, sagte er. »Du kannst das nicht, wenn du *gesund* bist.«

Er würgte die rot verfärbten Pfirsiche herunter.

»Aber ich sage dir, was du kannst: Du kannst mich kitzeln.«

Auch das übernahm normalerweise Eve. Seine Großmutter hatte damit angefangen, als Wesley ein kleiner Junge gewesen war: Sie kitzelte ihn damals so lange, bis es keinen Spaß mehr machte und er sich hilflos und gefangen fühlte und gerne geweint hätte... hätte ihn das nicht gelehrt, sich einzulassen, nachzugeben, bis sich Erleichterung und Ruhe einstellten.

Wesley glaubt, dass dieses Kitzeln und Sich-Einlassen der Ursprung seines Humors war. Wie jede Art von Therapie fordert Comedy, sich erst einmal zu ergeben.

Er räumte die Stühle zur Seite und ging vor mir in Position. Als das Signal kam, tauchte ich Richtung Gürtel.

Mir selbst gibt es auch etwas.

Das Büro des Geschäftsführers war frei und stand offen, also nahmen wir uns ein paar Drinks mit hinein und schlossen die Tür. Wesley suchte die Regale nach Videokassetten ab, nahm eine raus und steckte sie in den Player. Er setzte sich zu mir auf die Couch.

Auf dem Band waren alle Low-Budget-Werbespots für die lokalen Senderniederlassungen, in denen er aufgetreten war. Das, sagte Wesley, ist Comedy.

Das Band lief, und in Anzug und Krawatte warb Wesley für das Cherry-Hills-Einkaufszentrum drüben in East Bay.

»Sag mir, wenn die Luft rein ist«, sagte er und hielt eine Hand vor seine Augen.

Auf dem Bildschirm sagte er: »Das hier ist Cherry Hills, zwischen der MacArthur und der Nimitz. Beides prima Männer. Beides prima Freeways.«

»Ich hasse mich selbst«, stöhnte er.

Weißes Rauschen stob durchs Bild.

»Jetzt kommt Eves Favorit.«

Das beworbene Produkt war eine tief eindringende Epoxidabdichtung, die man in rissigen Beton pumpt, um ein loses Gefüge wieder bruchfest aufzugießen. Der Hausbesitzer, der im Hinter-grund seine rissigen Gehwegplatten beäugte, war Wesleys früherer Partner Larry Banks. Sie hatten sich vor ein paar Jahren getrennt, als Banks mit dem Wahlversprechen »Alles, Was Du Willst« Bürgermeister werden wollte

Das Band hing, als der Slogan kam: »Beton in einem Guss – und Schluss«.

Wesley stellte das Gerät aus und öffnete die Tür. Er bat die Kellnerin um Wodka.

»Habe ich dir von der Nacht erzählt, als ich Banks traf? Mein Manager brachte ihn, weil er mir bei der Arbeit zusehen sollte. Nach der Show gingen wir alle noch in diese Tiki-Bar, um uns volllaufen zu lassen. Banks fing gerade erst an und bestellt sich so einen Luschi-Cocktail für zwei. Nur merkt er nicht, dass es für zwei ist. Dann taucht der Kellner mit dieser Waschschüssel voll Rum auf und Banks versinkt im Boden. Ich sagte ihm, Komikern darf gar nichts peinlich sein.«

Wesley lehnte sich neben mir zurück. Er sagte, es sei jetzt an der Zeit, sein Leben zu ändern. »Aber wo fängt ein Mensch da an?«

»Im Kleinen. Fang im Kleinen an und arbeite dich hoch. So, wie du ein Haus putzen würdest: Um einen Raum zu schaffen, planst du vielleicht mehr Zeit ein, als du unbedingt brauchst – damit es wirklich klappt. Dann gehst du in den Raum nebenan. Du fängst im Kleinen an und alles, was du tust, gewinnt an Größe.«

Ich selbst habe es noch nie so gemacht.

»Vielleicht bin ich da anders? Vielleicht wird alles, was ich mache, kleiner? Andererseits bleibt mir die Bühne: Wenn ich da oben stehe und nichts zu sagen habe und es trotzdem klappen muss—es ist, als würde ich mit Absicht menschlich. Ich lasse mich zurück fallen auf die Worte, die den Weg in meinen Mund finden: ‚Ihr glaubt also, Jesus hatte es schwer...?!‘ Oh – wenn es gut läuft«, sagte er, »und wenn es mit Evie läuft. Wenn Evie da ist, nachts. Verstehst du? Denn *sie* bleibt nachts da! Vor Evie hatte ich immer das, was man ‚Kontakte' nennt. Die letzte drückte sich immer in einem der Clubs herum. Ich fragte, ob sie Lust hätte auszugehen. Sie sagte, sie wolle raus. Sie wolle so weit raus, wie es nur geht.«

Er trank einen Schluck Wodka.

»Das ist was, das ich nicht begreife. Und du? Wolltest du je sterben? Wolltest du dich selbst je sterben *lassen*?«

»Nur einmal«, sagte ich. »Ich fuhr mein Auto richtig schnell, es hätte einen Unfall gegeben… aber dann doch nicht.«

»Na ja, ich nicht, nie«, sagte Wesley, »Ich denke manchmal, jetzt bin ich so depressiv wie die Leute, die sich umbringen. Aber Gott sei Dank bin ich Sternzeichen Löwe.«

Eine Stunde vor dem Auftritt traf uns Eve in der Bar. Sie sah gut aus – das sagte Wesley selbst, und alle anderen merkten es mit ihm. Haut wie Marzipan, weißblondes Haar, das immer wie von hinten angestrahlt wirkte. Eve würde auch in bloßem Stacheldraht noch gut aussehen.

»Gott: Meine Jeans strotz ja vor mir«, sagte sie und legte einen schmalen Gürtel aus Schlangenhaut ab.

Eine Kellnerin kam an den Tisch und fragte, was sie bringen könne.

»Ich trinke nicht«, sagte Eve. »Für mich nur 7Up.«

Die Kellnerin fragte, ob Sprite okay wäre.

»Nein. Dann bitte Tab.«

»Eve hat früher neben dem Vizepräsidenten von 7Up gewohnt«, erklärte Wesley. »Also hat sie Ansprüche und Niveau – bei Zitronenlimonade.«

»Wer ist heute da?«, fragte Eve. »L.A.?«

L.A. ist jeder Hollywood-Agent, der hier nach Norden kommt, um sich Talente anzusehen.

»Sollte eigentlich, aber nein«, sagte Wesley.

»Auch gut. Sie sind unerträglich. Sie fallen über die Leute her und dann hört man nie wieder was von ihnen.« Sie seufzte. »Genau wie noch jemand.«

Sie fasste Wesleys Schulter und er drehte sich im Stuhl, sodass sie mit beiden Händen seinen Nacken massieren konnte.

»Sie ist zu gut zu mir«, sagte Wesley.

»Das wird später abgerechnet«, sagte Eve. »Ich werfe dir das nicht einfach hinterher.«

Hinter ihnen räusperte sich jemand. »Wer hat behauptet, Komiker hätten keine Groupies?«

Es war der Eigentümer des Clubs, der Mann, der Wesley anmoderieren würde. Er lud Wesley ein, mit ihm hinter die Bühne zu kommen. Eve und ich warfen ihm eine Kusshand zu und trugen unsere Drinks nach oben, vorbei an Leuten, die am Kartenfenster Schlange standen. Auf einer Seite der Abendkasse war ein 20 auf 25 Zentimeter großes Foto von Wesley. Ein Pressefoto, schon einige Jahre alt; es zeigte den *aufrichtigen* Wesley. Dasselbe Bild stand auf seinem Kaminsims. Nur ist es dort mit einer Unterzeile versehen: »Er wollte nach ganz oben. Er startete ganz unten. Er endete irgendwo unterhalb der Mitte.«

Wir fanden den kleinen runden Tisch ganz vorn, der für uns reserviert war. Eve gab mir den ersten Schluck ihrer Tab, damit ich diejenige war, die die *eine* Kalorie pro Glas erwischte.

»Schau da rüber«, sagte sie und nickte nach rechts außen. Ich sah vier Männer um die zwanzig, einen Krug Bier vor ihnen auf dem Tisch. Sie waren Neulinge, die in kleineren Clubs an Open-Mike-Abenden teilnahmen.

»Die sind mir welche«, sagte Eve. »Schau ihnen zu, wenn Wesley kommt. Sobald er dich zum Lachen bringt, guck rüber. Einer wird sagen ,*Das* ist lustig', und dann werden alle nicken wie verrückt – und keiner von ihnen wird lächeln.«

»Vor ein paar Monaten hat der Blonde die Eröffnungsnummer für jemand anderes hier gegeben. Er sah uns an der Bar und fragte Wesley, was er von seiner Nummer halte. Wesley sagte: ‚Naja, Bob Hope kann ja nicht ewig leben.‘ Der nahm es noch als Kompliment.« Eve lächelte ihr rechteckiges Riesenlächeln.

Ich fragte, ob sie es sich bei Wesley anders überlegt hätte und sie sagte: »Mmmm. Können wir nicht darüber reden?«

Ich befasste mich mit meinem Drink. Eve starrte auf die leere Bühne. Ich sagte, ich sei froh, dass wir nicht *darüber* redeten.

»Ich habe eine Schwäche für ihn«, sagte sie. »Manchmal flaut sie ab… Kam er dir nervös vor?«

»Immer.«

»Ja, das meine ich, deshalb das Boot. Deshalb«, sagte sie, »bin ich immer da.«

Der Eigentümer kam auf auf die Bühne. Er nahm das Mikrofon vom Ständer und fing an zu sprechen. Sekunden später kam der Ton.

»Jeden Abend komme ich hier hoch und sage, was für eine tolle Show wir haben«, sagte er. »Sie wissen, das ist Gottes wahrhaftige Wahrheit. Aber heute meine ich es *wirklich*.«

Eve und ich rutschten zueinander, bis unsere Schultern sich berührten. Wir hörten, wie er Wesleys Namen sagte. Ein blauer Spot folgte Wesley hoch auf die Bühne. Wesley sagte dem Publikum, wie großartig es sei, wieder in L.A. zu sein.

Im Sydney Lawton Square wälzen sich die kleinen Hügel im Rasen behutsam ineinander, doch die Bäume passen nicht dazu, und es gibt nicht genügend von ihnen. Wesley und ich kommen an der Hundestation vorbei: ein halbes Dutzend Teilstücke eines alten Telegrafenmasts, zu Hydranten geschnitzt, zum Wasser*spenden* statt zum Wasserlassen.

»Ich habe getan, was sie wollte. Ich habe ein Boot besorgt und wir legen gleich ab, wenn der Juli vorbei ist. Am ersten Monatsersten danach – egal, welcher es ist. Verdammt: Ich habe getan, was *ich* will. In meinem Herzen war ich schon immer Seemann, ganz Joseph Conrad, ganz alter Mann und das Meer, mit Fisch und allem. Es wird gut tun, draußen auf den Wellen an seine Grenzen zu kommen: Mal in *Wasser* versinken, zur Abwechslung. Was Eve angeht... sie ist nicht sicher, ob es klappt. Aber es wird klappen. Ich sagte ihr ‚Hier kommt der Trick – ich werde machen, was ich will, und du wirst machen, was ich will.‘« Er lacht über sich selbst. »Es wird auch klappen, weil ich sie liebe, mehr als mein Leben. Ich schaue diesem Mädchen zu wie einem Film. ‚Eve Grant Macht Drei Stunden Lang Die Wäsche‘. Da schaue ich zu!«

»Warum sagst du ihr diese netten Sachen nicht?«

»Könnte ich«, sagt er unentschlossen. »Aber hey: Ich denke, ich bin eben nur ein Arsch.«

»Kannst du denn einfach los?«

»Denk dran: Ich kriege Tantiemen. Beton in einem Guss – und Schluss. Und Eve kann immer noch Beihilfe für Schwerstbehinderte beantragen. Erzähle ihr bitte einfach weiter, was ich sage.«

Ein Teenager, der eine Boombox stemmt, hat seinen Schritt an unseren angepasst und Stevie-Wondert uns zu Tode.

»Weißt du«, sagt Wesley, als ob er die Musik nicht hört, »ich treffe jemanden und sage mir: drei Minuten. Ich gebe dir drei Minuten, um mir den Funken zu zeigen. Bei Eve ist er immer da. Und das wie lange schon? Also frage ich mich: Können wir nicht einfach immer zusammen sein? Ob wir jetzt gerade ein Paar sind oder nicht?«

Vor uns schwanken Pappeln Richtung Himmel – als wären sie hier im Park gewachsen.

»Leute können das. Stimmt doch, oder?«, fragt Wesley.

Und ich sage: »Wer würde in einer Welt leben wollen, wo das nicht stimmt?«

Aber ich denke: *Drei Päpste kommen in eine Bar.*

DER MANN IN BOGOTÁ

Weder die Polizei noch die Leute vom Notdienst kommen weiter. Auch die Stimme des flehenden Gatten zeigt nicht die erhoffte Wirkung. Die Frau bleibt auf dem Sims. Aber, droht sie, nicht mehr lange.

Ich stelle mir vor, dass ich der Frau den Sprung ausreden muss. Es scheint mir machbar. So:

Ich erzähle ihr von einem Mann in Bogotá. Einem reichen Mann, einem Industriellen, der gekidnappt wurde, um Lösegeld zu erpressen. Das war keine Fernsehserie: Seine Frau konnte die Bank nicht anrufen und sich in 24 Stunden eine Million Dollar geben lassen. Es dauerte Monate. Der Mann hatte Herzprobleme – und die Entführer mussten ihn am Leben halten.

Hören Sie, sage ich der Frau auf dem Sims: Die Kidnapper zwangen ihn, das Rauchen aufzugeben. Sie stellten seine Ernährung um und ließen ihn jeden Tag Sport machen. So hielten sie ihn fest, drei Monate lang.

Als das Geld bezahlt und der Mann frei war, untersuchte ihn sein Arzt. Sein Zustand, hörte er, sei überragend. Ich sage der Frau, was damals der Arzt sagte: Dass die Entführung das Beste sei, das diesem Mann hätte passieren können.

Vielleicht ist das keine Geschichte, nach der man vom Sims steigt. Doch ich erzähle sie mit dem Gedanken, dass sich die sprungbereite Frau eine Frage stellt. Die Frage, die sich dem

Mann in Bogotá stellte: Er fragte sich, woher wir wissen können, ob das, was uns gerade passiert, nicht gut ist.

WENN ES VOM MENSCHEN KOMMT STATT VOM HUND

Es ist direkt hinter der Eingangstür. Es ist das erste, was sie sieht, als sie sich die Stiefel abtreten will.

Es regnet seit einer Woche und es hört nicht so bald auf. Es war das Gesprächsthema der Leute im Bus in die Stadt und Mrs. Hatano denkt, dass es auch bei der Heimfahrt Thema bleiben wird.

Sie fragt sich, ob der Fleck von Wasser kommt, das von außen einsickert – doch der Verputz oben an der Decke über dem Fleck ist nicht gequollen. Er hat den Durchmesser eines kleinen Soßentopfs, aber ist kein perfekter Kreis.

Es ist zwei Wochen her, seit Mrs. Hatano dieses Haus geputzt hat. Der Herr stellte sie für eine Weile frei, nachdem die Dame des Hauses gestorben war. Vorher ging Mrs. Hatano um 17 Uhr. Jetzt soll sie jeden Tag um 17 Uhr kommen und für den Herrn das Abendessen machen. Sie soll ein wenig aufräumen – eine Ladung Wäsche machen, im oberen Stockwerk abstauben – und dann das schmutzige Geschirr vom Abendessen spülen, ihre 40 Dollar einstecken und selbst zur Tür finden.

Niemand scheint im Haus zu sein. Am Küchentresen reißt Mrs. Hatano ein Blatt Papier vom Notizblock beim Telefon. Sie zeichnet ein Fragezeichen ganz oben auf das Blatt. Darunter schreibt sie in einer Spalte: Lammkotelett, Schweinekotelett, Huhn, Fisch. Sie schreibt: Anbraten oder Grillen; Gemüse serviert sie in Streifen geschnitten und in der Pfanne gedünstet. Der Reis kann kochen, während sie staubsaugt.

Oben gibt es ein Zimmer, das sie noch nie geputzt hat. Die Tür war immer geschlossen, der Dame des Hauses ging es nie gut. Doch jetzt steht die Tür offen.

Das Zimmer ist dunkel – die Rolläden sind unten –, also knipst Mrs. Hatano eine Lampe an.

Der Papierkorb ist mit Karten gefüllt. Da liegt ein offener Brief auf dem Sekretär, und obwohl Schnüffelei nicht in Mrs. Hatanos Wesen liegt, beginnt sie, zu lesen. Es ist eine Beileidsbekundung.

Mrs. Hatano hört, wie sich die Eingangstür öffnet. Sie legt den Brief ab und geht weiter zum Bett, dem man seine Laken abgenommen hat. Auf einem Stuhl neben dem Bett liegt ein Stapel sauberer Betttücher und eine gefaltete Decke, Doppelbett-Größe.

Der Herr steht im Türrahmen und sagt Hallo. Er lächelt und bietet Mrs. Hatano an, ihr beim Beziehen des Betts zu helfen.

Bevor sie sagen kann, dass er bitte lieber seine Zeitung lesen soll, nimmt er zwei Ecken der Decke und legt sie über die Matratze. Er wartet darauf, dass Mrs. Hatano ihre Enden der Decke glatt streicht. Sie schafft es nicht, ihm zu erklären, dass erst das Bettlaken aufgezogen werden muss – bis sie es schafft.

»Mein Gott«, sagt der Mann leise. Er starrt tausend Meilen tief ins Bett.

Sein Gesicht ändert sich, als er das Abendessen riecht, das in Sesamöl brät. Mrs. Hatano liest diesen Gesichtsausdruck als: Das ist das Essen fremder Leute. Im Kühlfach hat sie portionierte

Abendessen gesehen, von Freunden überbracht – Auflauf mit Shrimps, Curry-Hühnchen, Lasagne; alle Rezepte oben auf die Frischhaltefolie geklebt.

Als sie das Abendessen serviert hat, öffnet sie den Spülschrank, nimmt einen Plastikeimer und legt einen Schwamm, eine Scheuerbürste, eine Flasche weißen Essig, destilliertes Wasser und eine Sprühdose Teppichreiniger hinein.

Sie verlässt die Küche durch die Tür, die in den Flur zum Eingang führt.

Mrs. Hatano singt, während sie arbeitet, und ihre fremden Töne tragen bis ins Esszimmer. Sie verdünnt den Essig mit Wasser, damit er die Farbe nicht angreift. Aber den Fleck mit Essig auszubürsten wirkt nicht bis an die Knoten. Man kann die Stelle im Teppich, die dunklere Fläche wie Umrisse auf einer Landkarte, weiterhin sehen.

Wie schafft man das?, überlegt Mrs. Hatano laut.

Vielleicht mit Sprühschaum, denkt sie, bringt die Sprühdose in Stellung. Der Sprühschaum braucht Zeit, um einzutrocknen, also kehrt Mrs. Hatano in die Küche zurück. Sie leert die verharschten weißen Eiswürfelformen und füllt sie mit klarem, kaltem Wasser.

Während der Mann sein Abendessen einnimmt, benutzt Mrs. Hatano das Telefon. Sie ruft ihre Freundin Ruthie an, die in einem Haus weiter unten in der Straße putzt.

Ruthie sagt ihr: Essig, die ersten 15 Minuten. Ruthie sagt, »Ein Hund macht irgendwo hin – und du kannst das alles so ziemlich vergessen. Am besten, du schneidest dir aus einer dieser Teppichfliesen einen Flicken aus und deckst das ganze Ding einfach zu.«

Dann sagt ihr Ruthie, dass es kein Hund war.

»Da ist die Dame gestorben«, sagt Ruthie. »Sie haben keine Hunde.«

Und dann erzählt Ruthie Mrs. Hatano, was sie die Leute erzählen hörte über den Tag, als die Dame starb und der Mann sie die Treppe heruntertrug. »Da ist es dann passiert – hörst du, was ich sage?«, sagt Ruthie.

Mrs. Hatano versucht es als nächstes bei Esther Fat.

Heute ist Esthers freier Tag, also ruft Mrs. Hatano sie zu Hause an. Esther Fat sagt: Zitrone und Wasser mit Waschsoda. Sie sagt, Zitrone sei Säure, und so ein Fleck das Gegenteil.

»Außer ich verwechsele das und es ist andersrum«, sagt Esther Fat. »Ist das was anderes, wenn es vom Menschen kommt statt vom Hund?«

Mrs. Hatano denkt: Gibt es irgendetwas über das Putzen von Häusern... das die Chinesen nicht längst wissen?

»Verdammt, *die* haben Geld«, sagt Esther Fat. »Sollen sie sich einen neuen Vorleger kaufen.«

Nachdem der Mann mit seinem Abendessen fertig ist, hilft er Mrs. Hatano beim Abräumen. Dann lässt er sie zum Spülen allein. Dann sieht Mrs. Hatano, dass er den Teppich anschaut.

Es gibt keinen Zweifel, dass sie dieselbe Sache sehen. Die dünne Spur aus Schaum ist zu weißem Puder eingetrocknet und lenkt damit die Aufmerksamkeit auf – einen Staat auf einer Landkarte? Nein, denkt Mrs. Hatano, jetzt sieht es anders aus. Der weiß nachgezeichnete Umriss ist wie der Kreideumriss des Opfers auf dem Bürgersteig.

Einen Moment später geht der Mann, und Mrs. Hatano spült ab.

Als die Küchenflächen sauber und die Töpfe fort sind, holt Mrs. Hatano Mantel und Stiefel. Sie nimmt die 40 Dollar vom Flurtisch. An ihrer statt lässt sie eine 5-Dollar-Note aus ihrer Handtasche zurück – weil sie den Fleck noch immer nicht rausbekommen hat.

WARUM ICH HIER BIN

»Nennen Sie eine Zeit, zu der Sie glücklich sind« ist eine der Fragen. Ich mache den Test, um herauszufinden, was ich tun soll. Das tut man, indem man herausfindet, was man mag. Das ist weniger offensichtlich, als es klingt. Jedes Mal, wenn sie zum Beispiel fragen: »Würden Sie lieber...?«

»Würden Sie lieber Fragen beantworten über (a) das, was Sie tun, (b) das, was Sie wissen, (c) das, was Sie denken?«

...ist meine Antwort »Kommt drauf an«, doch das steht nicht zur Wahl. Ich muss in den drei Kategorien *Immer, Manchmal, Nie* denken.

Bei diesem Test kann man nicht durchfallen oder bestehen. Die »Note« ist eine Art Profil. Nach dem schriftlichen Teil spreche ich mit der Berufungs-und-Berufsberaterin. Sie ist 50 oder so, eine kleine, kastige Frau in einem Kleid wie eine Deko-Abdeckhaube für Küchenmixer. Mrs. Deane ist die, die fragt, zu welcher Zeit ich glücklich bin. Sie sagt, »Dann sagen Sie mir, welche Dinge Sie eben *trotzdem* tun – und wir finden Wege, dass Sie dafür bezahlt werden.«

Ich frage sie nach einem Job, bei dem man Stöcke werfen könnte, bis sie von Hunden apportiert würden und sie sagt »Na, jetzt aber bitte...« und lacht ein Höflichkeitslachen.

Ich bin im falschen Alter, um das hier zu tun.

Man kann einen Test im College machen, wenn man sich schwer tut, ein Hauptfach auszuwählen. Oder man macht ihn, damit er einem hilft, sein Leben zu ändern – später, nachdem man schon ein Leben *hatte*. Irgendwo dazwischen liegt der Grund, warum ich hier bin.

Also: *Die Zeit, zu der ich glücklich bin.*

Es beginnt mit dem TAG DER OFFENEN TÜR-Schild und bunten Zellophanwimpeln an einer Schnur über dem Eingangsweg. Dann die unverschlossene Haustür in ein Musterhaus, voll eingerichtet oder besser noch: unmöblierte Räume. Man stellt sich dann dort Leben vor, so, wie man bei Lektüre eines Buchs Figuren vor sich sieht.

Es endet nicht mit diesem Auskundschaften der Zimmer. Ich jedenfalls tue noch etwas anderes - ich ziehe in neue Wohnungen.

Als erstes gebe ich fast alles weg, was ich habe. Meine Freunde werden mit Bügelbrettern und Schlafsofas versorgt. Ich verteile Schallplatten und Flechtwerk und Lampen. Von Pflanzen lieber ganz zu schweigen.

Allein die Bücher!

Wenn alles fort ist, suche ich die Buchstaben meiner neuen Nummer. Das geht so: Man nimmt seine Vorwahl, sagen wir 7-7-6. Das ist dann P-r-o. Dann wählt man Buchstaben auf seinem Telefon, bis man »Kein Anschluss unter dieser Nummer« hört – und so weiß man: Die hier ist frei. Pro-test, Pro-zess, Pro-dukt, Pro-phet, Pro-vinz, Pro-porz, Pro-tein…

Ich kaufe etwas Bier für die »Zwei Jungs mit Möbelwagen«, die aufladen, was übrig geblieben ist. Ich hoffe das Beste – doch in Sachen Sachschaden kannst du dich auf die folgende Gleichung verlassen: Drei Umzüge bringen so viel wie ein Wohnungsbrand.

Mit der neuen Wohnung kommt die Hektik des Heimischwerdens: Küchenrollen und Reinigungsspray, Müllbeutel, um Plastikeimer auszufüttern. Für die Regalböden in den Schränken schneide ich Wachspapier zurecht und auf den Briefkasten muss mein Name. Drei Monate später dann alles wieder von vorn. Wenn du oft genug umziehst, musst du nie mehr ein Tiefkühlfach abtauen.

Das erkläre ich Mrs. Deane.

Sie sagt, hier zeige sich Prozess, Entwicklung als mein Leitkonzept. Das, was ihre *Wann sind Sie glücklich?*-Frage erfragen will: Kommen meine Glücksgefühle von einer Person, einem Ort oder einem Prozess?

Ich weiß nicht, sage ich. Manchmal muss ich eben weiter.

Meine letzte Wohnung zum Beispiel: klein und im obersten Stockwerk eines engen, grauen viktorianischen Hauses mit bernsteinfarbenen Bleiglasfenstern auf halber Treppe.

Der Hausverwalter entschuldigte sich für den kaputten Duschkopf. Er sagte, er bringe das in Ordnung und tat es auch – am nächsten Tag. Er und sein Bruder, sagte er, hätten früher in meiner Wohnung mit ihrer H0-Modelleisenbahn gespielt.

Einmal morgens, als ich das Haus verließ, grüßte ich den Hausverwalter. Er kniete auf dem Treppenläufer und saugte mit dem Spezialaufsatz des Saugers Flusen auf. Doch etwas war anders, als ich abends nach Hause kam. Ich brauchte einen Moment. Nichts war bewegt, verschoben. Dann sah ich den Vorleger. Er lag zwischen Kamin und Couch. Seit ich gegangen war, hatte ihn jemand gesaugt.

Das war nicht alles.

Der Verwalter sagte etwas, am Tag, als er die Dusche reparierte. Er sagte, dass ich es jetzt, wo der Duschstrahl fest spritzte, »so richtig schäumen lassen«könnte.

»Schäumen lassen«, wiederhole ich für Mrs. Deane.

Mrs. Dean begutachtet den schriftlichen Teil meines Tests. Sie sagt, ich hätte eine Frage übersprungen: »Würden Sie gerne (a) über Ihre Pläne für morgen nachdenken, (b) nachdenken, was Sie mit einer Million Dollar tun würden, (c) nachdenken, wie es sich anfühlt, mit einer Pistole bedroht zu werden?«

Ich sage: »Ich hätte gerne den Job von dem, der (b) nimmt.«

Mrs. Deane sagt; »Was denken Sie, passiert, falls Sie einfach bleiben? An einer Stelle, lange genug, um etwas zu Ende zu denken?«

»Ich weiß nicht«, sage ich. »Ich werde mich fühlen, als wäre ich nicht ich selbst.«

»Oh«, sagte sie, »aber Sie werden... nein: Sie *sind* es!«

ATMENDER JESUS

Alles begann sich zu verändern, nachdem ich den Atmenden Jesus gesehen hatte: Mein verlorener Brillantring fand sich unter dem Sofa. Das Orchester in meinem Kopf hörte auf, sich beständig neu zu stimmen. Meine Nachbarin und ich wurden Zeugen von Babys Wiederauferstehung.

Ich war zum Civic Center gegangen, um mir den Atmenden Jesus anzusehen. Es war ein *Outdoor*-Jesus. Er wurde jedes Jahr beim Kirchenumzug ausgestellt, der vor der Kuppel des Rathauses veranstaltet wurde. Ein Künstler hatte diesen Jesus gemacht. Er saß in Lebensgröße auf einem juwelenbesetzten Thron in einem wohnwagengroßen Raum, der als Schrein ausstaffiert war.

Draußen vor dem Schrein war eine Münzkollekte für 25-Cent-Stücke. Ich warf eines in den Schlitz und schaute zu der Puppe auf dem Thron in ihrem Mantel aus Samt. Ich sah, wie ihre Brust sich hob, sobald sie Luft aufnahm und sich dann einen Moment später senkte, und jemand neben mir rief: »Jesus Christus! – Er *atmet*.«

Ich passte meine Atmung der seinen an und atmete gemeinsam mit dem HERRN, bis meine 25 Cent durchgelaufen waren.

Ich habe viele Dinge gesehen, von denen ich nicht wüsste, wie ich sie erklären sollte: Ich habe »glitzernden Regen« gesehen, die Tropfen schlugen knisternd Funken, wenn sie den Boden berührten. Ich sah einen weißen Regenbogen, der sich über den Vollmond spannte. Ich sah Spuklichter und Irrwische – die kalten Flammen und Leuchtlichtblasen, die über Sümpfen schweben. Ich sah, wie sich ein Meteor aus seiner Bahn schlängelte und ausbrannte. Ich habe schon im Schein des Südlichen Polarlichts, morgens um 3, gelesen.

All diese Dinge habe ich wegen des Lärms in meinem Kopf gesehen. Weil das Geräusch – wie das eines Orchesters beim Einstimmen – mich nachts wach hielt. Der Lärm hörte nur auf, wenn mein Atem meinen Körper verließ und ich nur da lag und mich nicht bewegen konnte.

Dinge geschehen oder sie hören auf, zu geschehen – und wer weiß schon, warum?

Baby *kann* ich erklären.

Baby hatte sich verirrt. Sie war nicht tot; aber ich dachte, sie sei tot – denn das sagte mir das Straßenverkehrsamt. Ein Hund, auf den ihre Beschreibung passte, wurde auf der Ausfahrt zur Uni gefunden. Sie sagten mir, der Kadaver sei schon entsorgt.

Das war schlimmer, als es war, denn Baby war der Hund meiner Nachbarin; in meiner Obhut, so lange meine Nachbarin unterwegs war. Als sie zurückkam, war Baby seit drei Tagen fort. An diesem Tag gab es Regen, und es donnerte. Ich fühlte mich sonderbar ruhig, bereit, die Nachricht zu überbringen. Zum Glück, dachte ich, hatte ich meine Sinne beisammen. Ich hatte Angst, dass ich sie brauchen würde.

Und dann war Baby da, bevor ich etwas sagen musste.

Vielleicht waren es die Reifen im Kies der Einfahrt, die sie zurückholten. Vielleicht auch das Gewitter, das erste des Jahres, mit seinen tiefen, dröhnenden Geräuschen, die jeden weckten, der noch Winterschlaf gehalten hatte.

Falls es nicht das war, weiß ich auch nicht.

Ich weiß nicht, warum mein Atem stockt. Niemand kennt die Ursache und niemand kann es heilen. Es gibt einen Namen dafür, wenn die Atmung aussetzt – und sie glauben, es tötet diese Babys, die in ihren Bettchen sterben.

Ich bin vorsichtig beim Schlafengehen. Jedes Mal, bevor meine Luft knapp wird, ist da der Lärm. Darum füge ich dort ein Geräusch ein. Das Atemgeräusch von jemand anderem, tief und regelmäßig. Nachts bin ich zurück im Zelt des Kirchenfests und atme einher mit Jesus. Hinein mit der guten Luft, heraus mit der selben guten Luft – Atmen mit etwas, das nicht für sich alleine atmen kann.

Ich atme mit Jesus, bis mir die 25 Cent ausgehen, bis mir mein ganzes Münzgeld ausgeht, bis ich eine Dollarnote aus der Handtasche ziehe. In Gedanken frage ich jeden, den ich sehe: »Geben sie mir Münzen für diesen Dollar? Ich brauche nochmal vier Vierteldollarmünzen, bitte!«

Denn man muss glauben, etwas könnte funktionieren. Ich tue das nicht – aber man *muss*.

Bei Baby hilft das Ticken einer Uhr.

Die Dinge, die ich gesehen habe und nicht erklären kann, sind gar nichts gegen die Dinge, die ich gehört habe: musikalischer Sand, säuselnde Seen, ein Schrei, dessen Echo als Lied zurück geworfen wurde.

Oh, ich habe noch seltsamere Dinge gehört – doch alle in meinem Kopf.

HEUTE WIRD EIN
RUHIGER TAG

»Ich glaube, es ist andersrum«, sagte der Junge. »Wenn jetzt das Beben kommt, bricht die *Brücke* ein, aber die *Pfeiler* bleiben stehen.«

Er sah seine Schwester zufrieden an.

»Du willst deiner Schwester nur Angst machen«, sagte der Vater. »Du weißt, dass das nicht stimmt.«

»Doch«, fuhr der Junge fort, »und ich habe mitten in der Nacht Vögel gehört. Das ist ein Warnzeichen, oder?«

Das Mädchen schoss einen giftigen Blick und aß eine Handvoll Schokorosinen. Die drei standen im Stau auf der Golden Gate Bridge.

An diesem Morgen hatte der Vater, ehe er sie weckte, ihre Musikstunden abgesagt und entschieden, sich mit ihnen einen schönen Tag zu machen. Er wollte nur sehen, wie es ihnen ging – sonst nichts. Er dachte, seine Kinder seien so selbstgenügsam und eigenständig wie manche Hunde, die ihre eigene Leine nach Hause tragen. Doch man kann Dinge falsch deuten.

Konnte man sie je deuten.

Der Junge hatte einen Freund, der aus einem Stockwerk der Langley-Porter-Psychiatrie sprang. Er lebte dort zwei Wochen und spielte die meiste Zeit Pingpong. Alles, was er sagte, als der Junge zu Besuch kam und jedes Spiel gegen ihn verlor, war, spiel' niemals Pingpong gegen Leute aus der Psychiatrie, denn wir machen den ganzen Tag nichts anderes und wir machen dich platt. An diesem Abend zerschnitt der Freund den roten Gürtel, den er trug und ließ eine Hälfte auf seinem Bett. Es war letztes Jahr um diese Zeit gewesen, als der Junge 12 war.

Du glaubst, du bist sicher, dachte der Vater, aber das ist so, als glaubt man, unsichtbar zu sein, wenn man die Augen schließt.

Heute wollten sie nach Petaluma – in die Hühner-, Eier- und Armwrestling-Hauptstadt der Nation – zum Mittagessen. Der Vater hatte angeboten, mit ihnen zum Herren-Halbfinale zu gehen. Doch überall hörte man, Armwrestling sei seit Einführung der neuen Sicherheitsmaßnahmen weniger interessant, und kaum noch jemand breche sich den Arm oder das Handgelenk. Das beste, worauf man hoffen konnte, waren ausgekugelte Arme und Hände – also sagten sie, dass sie lieber zu Pete's wollten. Pete's war eine alte Tankstelle, zu einem Restaurant umgebaut. Die Hamburger waren nach Autos benannt und die Zapfsäulen vor dem Haus pumpten immer noch Benzin.

»Kriege ich eine?«, fragte der Junge und meinte die Raisinet-Rosinen.

»Nein«, sagte seine Schwester.

»Kriege ich zwei?«

»Keiner von euch sollte vor dem Mittagessen Süßigkeiten essen«, sagte der Vater. Er sagte es in der jovialen Art des Vaters, der sich übers Vatersein freut und voll darauf steht, Vatersachen zu sagen.

»Du meinst Abendessen«, sagte das Mädchen. »Bis wir endlich da sind, ist Abendessenszeit.«

Nur die Spuren nach Norden standen still. Richtung Süden rauschte der Verkehr in normalem Tempo vorbei.

»Schau dir das an«, sagte der Junge von der Rückbank. »Hast du den Aufkleber da hinten an dem Porsche gesehen? ‚Euch passt mein Fahrstil nicht? Dann runter vom Gehweg!'«

Er sah seine Schwester an. »Ich weiß jetzt, was du zu Weihnachten kriegst.«

»Ich bin die Klassenbeste in Verkehrserziehung«, sagte sie.

»Ich denke, auf der Heimfahrt werde ich mal deine Schwester ans Steuer lassen«, sagte der Vater.

Von der Rückbank kamen Sirenen, Hilfeschreie und dann Grabgesänge.

»Geht es dir auch so?«, fragte das Mädchen den Vater in verschwörerischem Ton: »Leute treiben dich zur Verzweiflung?«

»Kennt ihr zwei eigentlich gar keine Witze? Ich habe den ganzen Tag noch nicht gelacht«, sagte der Vater.

»Habe ich den Guillotinenwitz erzählt?«, fragte das Mädchen.

»Bestimmt: Er sagt ja, dass er heute noch nicht gelacht hat«, sagte ihr Bruder. Sie schoss ihm einen Blick zu, mit dem man Kleider bügeln konnte. Dann sah sie hinunter. »Oh je. Der kleine Freund hat Freigang.«

Ihr Bruder machte den Reißverschluss seiner Hose zu. »Erzähl den Witz«, sagte er.

»Zwei Franzosen und ein Belgier sollen mit der Guillotine hingerichtet werden. Der erste Franzose wird zum Richtblock geführt und sie verbinden ihm die Augen. Der Henker löst das Fallbeil. Aber einen halben Millimeter über dem Nacken hält es an. Er wird begnadigt, worauf er losläuft und ruft: ‚C'est un miracle! C'est un miracle!'«

»Was heißt das?«, fragte ihr Bruder.

»Das ist ein Wunder!«, sagte der Vater.

»Dann führen sie den zweiten Franzosen zum Podest und wieder bremst das Beil ganz kurz, bevor es trifft. Auch er wird begnadigt, läuft los und ruft: ‚C'est un miracle!'«

»Als letztes ist der Belgier dran. Doch ehe sie ihm die Augen verbinden können, zeigt er zur Guillotine und erklärt: ,Voilà la difficulté!'«

Sie bog sich vor Lachen.

»Vielleicht würde *ich* mir in die Hosen machen – wenn ich wüsste, was das heißt«, sagte der Junge.

»Du kannst das nach der Pointe nicht mehr erklären«, sagte das Mädchen, »ohne, dass es witzlos wird.«

»Ja. Da hängt es«, sagte der Vater.

Die Kellnerin reichte Speisekarten an die dreiköpfige Tischgesellschaft in der Ecknische, wo früher Öl und Schmierstoffe gewechselt wurden. Sie sagte, das Tagesgericht sei marokkanisches Hühnchen.

»Das will ich«, sagte der Junge, »marrotziges Hühnchen.«

Doch als sein Vater und die Schwester bestellt hatten, entschied er sich für einen Studeburger mit Pommes.

»Also«, sagte der Vater, »wer vermisst heute seine Musikstunde?«

»Das war ernst gemeint, was ich letzte Woche gefragt habe«, sagte das Mädchen. »Dass ich lieber zu Klavier wechseln will. Meine Lehrerin hat gesagt, eine echte Flötistin atmet mit dem Bauch – und das kann ich nicht.«

»Sie will nur wechseln«, sagte der Junge, »weil ihre Taille fünf Zentimeter dicker wird, wenn sie Bauchatmung lernt. Das hat die Lehrerin nämlich *auch* gesagt.«

Er schmierte Butter auf ein Stück San Francisco Sourdough und schnippte es gegen den Oberarm seiner Schwester.

»Ach – heiliger Bimbam«, sagte das Mädchen, »warum lassen sie nicht einfach Messer und Gabel weg und legen ihm eine Schleuder neben den Teller?«

»Wer soll dich jemals adoptieren, wenn du keine Manieren hast?«, fragte der Vater. »Wollen wir es vielleicht heute mal mit ein bisschen Ruhe versuchen?«

»Du klingst wie dein eigener Grabstein«, sagte das Mädchen. »Weißt du noch, was darauf stehen sollte?«

Ihr Bruder redete mit vollem Mund: »Heute wird ein ruhiger Tag.«

»Weil es mit uns nie ruhig ist«, fügte er hinzu.

»Ach ihr«, sagte der Vater.

Die Kellnerin brachte Teller. Der Vater gab dem Jungen Zukker und dem Mädchen Salz, ohne, dass sie fragen mussten. Er sah dem Mädchen zu, wie sie die Pommes salzte.

»Wenn ich Halsschmerzen hätte, würde ich mit denen gurgeln«, sagte er.

»Sieht aus, als wollte sie eine Einfahrt streuen«, bot der Junge.

Der Vater sah den Kindern beim Essen zu. Sie aßen schnell. Sie nannten es *Wegsaugen*. Er wurde fertig, als sie mit Strohhalmen durch ihre leeren Gläser schlürften.

»Komisch«, sagte er nachdenklich. »Jetzt ist mein Hunger weg.«

Jede Mahlzeit endete so. Es war ein Segensspruch von ihm; einer der Dad-Sprüche, die sie von ihm erwarten.

»Das erinnert mich«, sagte das Mädchen. »Hast du Rocky gefüttert, bevor wir los sind?«

»Nein – aber gestern«, sagte ihr Bruder.

»Ich war das gestern!«, sagte das Mädchen.

»Okay, dann machen wir einen Kompromiss«, sagte der Junge. »Heute kriegt der Kater mal gar nichts.«

»Ich glaube, damit kommst du nicht durch«, sagte der Vater.

Er meinte, dass man sie nicht mit den Tieren ärgern durfte. Einmal rannte der Kater beim Abendessen durchs Zimmer wie eine Rakete. Er rannte um den Tisch und wurde aus der Kurve geworfen, über den Parkettboden bis gegen ein Tischbein. Dann fiel er auf die Seite und machte kurze, hustige Geräusche. »Ist er nicht schlau?«, hatte das Mädchen geschwärmt, auf Knien neben ihm: »Er weiß, dass er verletzt ist.«

Jahrelang hatte ihr Vater ihr sagen müssen, dass die Tiere, die sie am Seitenstreifen sahen, nur Nickerchen hielten.

»Homer hätte er niemals kein Futter gegeben«, sagte sie ihrem Vater.

»Homer war ein Hund«, sagte der Junge. »Wenn ich vergessen habe, ihn zu füttern, konnte er einfach in die Hügel laufen und in ein Reh beißen.«

»Oder in eine Campfire-Pfadfinderin, die Süßes verkauft«, wurden sie von ihrem Vater erinnert.

»Homer«, seufzte das Mädchen. »Ich hoffe, ihm macht es Spaß, da oben in den Bergen Schafe zu hetzen.«

Der Junge sah sie an und konnte es nicht fassen.

»Das hast du *geglaubt*? Das hat du *echt geglaubt*?«

In ihrem Kopf zog ein ungeschickter Zauberkünstler am Tuch und alle Teller fielen runter und zerbrachen. Sie sog Luft in ihre Lungen, bis sie voll waren – und dann einfach weiter, in ihren Magen.

»Ich dachte, sie weiß das«, sagte der Junge.

Der Hund war vor fünf Jahren gewesen.

»Die Eltern der Pfadfinderin bestanden darauf«, sagte der Vater. »Das ist Gesetz in Kalifornien.«

»Dann hasse ich Kalifornien,« sagte sie, »wie die Pest.«

Der Junge stand auf und sagte, er würde im Auto warten.

»Was wäre jetzt eine Hilfe?«, fragte der Vater.

»Dass Homer lebt«, sagte sie.

»Was wäre eine Hilfe?«

»Nichts.«

»Hilfe.«

Sie schob die Salzkörner auf ihrem Teller zu einem dünnen Pfad zusammen.

»Fahren«, sagte sie. »Ich fahre.«

Das Mädchen startete das Auto und brüllte. »Gott! Verdammt!«

Ohne Strom hatte der Junge zum spanischen Sender gewechselt. Zur Zündung explodierte Mariachi in die Kabine.

»Verdammt ist nicht Gottes Nachname«, sagte der Junge, einen anderen Autoaufkleber zitierend.

»Leute treiben dich zur Verzweiflung...«

»Wenn man sie sieht, möchte man am liebsten verschwinden«, sagte der Vater.

»Kein Reden«, sagte das Mädchen zum Rückspiegel und legte den Gang ein.

Sie fuhr stundenlang. Durch Eukalyptushaine mit ihren feucht abblätternden Rinden, vorbei an Buschakazien, an deren Rispen gelbe Blüten pochten. Sie fuhr herüber auf die Küstenstrecke und die steinigen, graugrünen Farben von Inverness.

»Das nenne ich mal eine Aussicht«, versuchte der Junge. Ansonsten waren sie still.

Niemand sprach, bis sich der Himmel langsam verdunkelte und dann war es wieder der Junge – der wissen wollte, ob sie nicht langsam heimfahren sollten.

»Nein, nein«, sagte der Vater und schaute besonders theatralisch aus dem Fenster, hoch zum Himmel und zurück auf seine Uhr. »Fahr weiter. Es wird immer früher.«

Doch der Himmel schüttete Regen aus und das Mädchen fuhr weiter nach Süden, Richtung Brücke. Sie schaltete die Scheinwerfer ein und das Armaturenbrett leuchtete grün auf. Auf den letzten Metern nach Hause las sie den Stand des Meilenzählers vor: Sechsundzwanzigtausend-und-dreihundertdreiundachtzig-kommaacht Meilen.«

»Heute?«, fragte der Junge.

Der Junge war als erster bei Rocky. »Jetzt spielen wir die Katze«, sagte er und trug den Siamkater zum Klavier. Er nahm auf der Klavierbank Platz, hielt den Kater im Schoß und drückte seine Tatzen auf die Tasten. Rocky spielte »Born Free«. Er versuchte, sich herauszuwinden.

»Komm schon, Rocky, noch zehn Minuten und wir machen Pause.«

»Gib ihn mir«, sagte das Mädchen.

Sie schürzte die Lippen und küsste Rocky: fünf Lippen trafen aufeinander.

»Bringt The Rock nach oben«, rief der Vater. »Und nehmt Schlafsäcke mit.«

Schon bald formten drei Schlafsäcke ein Dreieck im Schlafzimmer. Der Vater war die Hypotenuse. Das Mädchen bat ihn, ihr Haar auszukämmen. So lange aß der Junge eine Mandarine, schälte sie nah am Gesicht und atmete die Duftschwaden ein. Dann hielt er jeden Schnitz gegen das Licht, um Kerne zu finden. In seinem Schoß flatterten Rockys Tatzen wie Augen im Schlaf unter den Lidern.

»Was denkst du?«, fragte der Vater.

»Ich?«, fragte das Mädchen. »Ich denke an einen 57er T-Bird, weiß mit roter Innenausstattung, Cabrio. Ich fahre damit nach Texas und trage Röcke mit Zackenlitze und ändere meinen Namen in Ruby«, sagte sie, »oder Easy.«

Der Vater dachte über ihren Traum einer Zukunft in Schachbrett-Karos nach.

»Was früh reift, fault auch früh«, warnte er.

Eine feuchte Böe schlug an das Fenster mit dem verzogenen Rahmen und der Junge schreckte hoch.

»Ich hasse Regen«, sagte er. »Wie die Pest!«

Der Vater stand auf und zog das Fenster richtig zu. »Da draußen gurgelt heute der Frosch.«

Als sie still im Dunkeln lagen, war es nicht weniger ferienlagerhaft, als lägen sie unter den Sternen und sängen ein von Steinen umringtes Feuer an, das bis zur Glut herunter gebrannt war. Sie hatten schon vor ein paar Minuten gute Nacht gesagt, als der Junge und das Mädchen die Stimme ihres Vaters im Dunkeln hörten.

»Kinder – mir fiel gerade ein: Ich habe noch eine gute und eine schlechte Nachricht. Welche wollt ihr zuerst?«

Es war die Tochter, die sprach. »Bringen wir es hinter uns. Bringen wir zuerst die schlechte Nachricht hinter uns.«

Der Vater lächelte. Es geht ihnen gut, entschied er. Meine Kinder machen sich prima. Er lächelte die Stellen im Dunkeln an, wo sich ihre Köpfe – das wusste er – zu seinem gewandt hatten und er zweifelte, dass er je... nein: nichts *Besseres* fühlen würde, aber *mehr*, als er jetzt fühlte.

»Ich habe gelogen«, sagte er. »Es gibt keine schlechte Nachricht.«

Amy Hempel (*1951) lebt in New York City und unterrichtet Creative Writing an der Harvard University. Sie hat vier Bände mit Kurzgeschichten veröffentlicht: *Reasons to Live* (1985), *At the Gates of the Animal Kingdom* (1990), *Tumble Home* (1997) und *The Dog of the Marriage* (2005). Ihre Erzählungen wurden u.a. in Harper's, GQ oder Vanity Fair veröffentlicht und in Anthologien wie *The Best American Short Stories* und *The Norton Anthology of Short Fiction* aufgenommen. Sie war Stipendiatin der Guggenheim Foundation und der United Artists Foundation of Arts and Letters.

2008 wurde sie mit dem REA Award for the Short Story ausgezeichnet, 2009 erhielt sie den PEN/Malamud Award for Excellence in the Short Story.

Stefan Mesch geboren 1983 ins Sinsheim (Baden), schreibt für ZEIT Online, Deutschlandradio Kultur und den Berliner Tagesspiegel und arbeitet an seinem ersten Roman, »Zimmer voller Freunde«. Seit 2009 lebt er drei Monate im Jahr in Toronto und New York und übersetzt für u.a. das Goethe-Institut und DK Publishing.

LUXBOOKS.OHRENSESSEL *serviert atemraubende*

Erzählungen und Romane der Gegenwart.

Alle zwei Jahre erscheint ein weiterer Band der

insgesamt vier Erzählbände von Amy Hempel.

Besuchen Sie uns und finden Sie weitere

Schmuckstücke der Gegenwartsliteratur:

www.luxbooks.de // facebook, twitter: luxbooks

KEIN BUCH STEHT GERN ALLEIN